SP FIC Sanchez

Sanchez, Luis Rafael

La guaracha del Macho
Camacho /

PALM BEACH COUNTY
LIBRARY SYSTEM
3650 SUMMIT BLVD.
WEST PALM BEACH, FLORIDA 33406

LUIS RAFAEL SÁNCHEZ

LA GUARACHA DEL MACHO CAMACHO

EDICIONES DE LA FLOR

Tapa: Patricia Jastrzebski (basada en la
de las ediciones anteriores de G. Grosz)

Vigésima edición: enero de 2001

© 1976 *by* Ediciones de la Flor S.R.L.
Gorriti 3695, 1172 Buenos Aires, Argentina
Hecho el depósito que establece la ley 11.723

Impreso en la Argentina
Printed in Argentina

ISBN 950-515-004-0

LEMA:

La vida es una cosa fenomenal.
Lo mismo pal de alante que pal de atrás.

A ALMA, JORGE *y* ARCADIO,
por las horas compartidas.

ADVERTENCIA

La guaracha del Macho Camacho narra el éxito lisonjero obtenido por la guaracha del Macho Camacho *La vida es una cosa fenomenal,* según la información ofrecida por disqueros, locutores y microfoniáticos. También narra algunos extremos miserables y espléndidos de las vidas de ciertos patrocinadores y detractores de la guaracha del Macho Camacho *La vida es una cosa fenomenal.* Además, como apéndice de *La guaracha det Macho Camacho* se transcribe, íntegro, el texto de la guaracha del Macho Camacho *La vida es una cosa fenomenal* para darle un gustazo soberano a los coleccionistas de éxitos musicales de todos los tiempos.

SI SE VUELVEN ahora, recatadas la vuelta y la mirada, la verán esperar sentada, una calma o la sombra de una calma atravesándola. Cara de ausente tiene, cara de víveme y tócame, las piernas cruzadas en cruz. La verán esperar sentada en un sofá: los brazos abiertos, pulseras en los brazos, relojito en un brazo, sortijas en los dedos, en el tobillo izquierdo un valentino con dije, en cada pierna una rodilla, en cada pie un zapatón singular. Cuerpo de desconcierto tiene, cuerpo de ay deja eso ¿ven?, cuerpo que ella sienta, tiende y amontona en un sofá tapizado con paño de lana, útil para la superación de los fríos polares pero de uso irrealísimo en estos trópicos tristes: el sol cumple aquí una vendetta impía, mancha el pellejo, emputece la sangre, borrasca el sentido: aquí en Puerto Rico, colonia sucesiva de dos imperios e isla del Archipiélago de las Antillas. También sudada, la verán esperar sudada, sudada y apelotonada en un sofá sudado y apelotonado, sofá sudado y apelotonado que se transforma en cama que se transforma en sofá, miembro pulcro el sofá de un elenco hogareño de travesti que hacen de todo. Como hace el Ace. Si se vuelven ahora, recatadas la vuelta y la mirada, la verán esperar sudada, no obstante el duchazo de hace un rato. ¿La oyeron ducharse? Imposible: guarachaba. Bajo la ducha, guaracha y mujer matrimoniados por una agitación soberana: voz desatada, tumbos del cuerpo contra las paredes del baño, azotes de los puños guarachos a la cortina de baño, gorjeos enchumbados, lealtad a todo lo que sea vacilón. Cuerpo y corazón: trampolines de la guasa.

VUELTA Y VUELTA, para espantar el zumbido de este tiempo que hoy le sobra a manos llenas, miércoles hoy, tarde de miércoles hoy, cinco pasado meridiano de miércoles hoy, tararea la guaracha del Macho Camacho y la redobla con golpe singular de zapatón singular: *la vida es una cosa fenomenal:* el aforismo cumbre de la guaracha que ha invadido el país, el aforismo cumbre o uno de los, guaracha que ustedes han bailado o escuchado o comprado o reclamado a algún programa radiado, descontado que cantado o tarareado. El aforismo cumbre o uno de los ondea como olímpico cisne de nieve, ella estremece la cabeza con relajonado temple: relajar es lo mío: reída con jajá ostentoso y dientes por docenas. Vuelta y vuelta, para espantar el tiempo que esta tarde se le enrolla en el alma como guirnalda de papel crepé, ojea el apartamiento con ojos en los que pone fuego el desprecio, riza la sobaquera, procura un cigarrillo, endereza la caída de un zarcillo baratón que aparenta coralina. Yo digo que la cosa es que aparente: ella declara con morisquetas de parejería: apuesta a ella siempre; si me caigo nadie me recoge: como quien dice corazón de corcho para flotar cuando truene, llueva o ventee. Vuelta y vuelta, rascadura por motivo de un escozor motivado por la impaciencia, ella camina hasta una cortina que oculta unos cristales de alegres ventanales: arquitectura de nuestro tiempo influida por el arte de nuestro tiempo: *El último cuplé.* Con un sigilo innecesario, impuesto por la manía secretera del Viejo, levanta una orilla de la cortina. Filántropa, regala los ojos a la construcción ajetreada de un condominio. Con un hombro azota sabrosamente la cortina: *arrecuérdate que desayunas café con pan,* remeneada de punta a punta, ganada por las delicias que propugna la guaracha del Macho Camacho, ignorante de quietudes y tranquilidades para esperar. De esperar se trata, de mirar el reló cien veces se trata, de ver que el sol se ablanda se trata, de esperar sentada y parada y sudada y duchada se trata: esta tarde el Viejo tarda. El Viejo tarda más que nunca. El Viejo tarda más que siempre. El Viejo tarda más que la última vez que tardó: oraciones declarativas proyectadas en la pantalla panorámica de su encocoramiento, la tardanza del Viejo organiza la reflexión encocorada de ella, ella parada junto a la cortina:

A MÍ NO me resulta que se amañe a venir tarde. A venir cuando le sale de donde le sale. A pasarse por donde no le da el sol el arreglo que arreglamos: contratada para vísperas de noche y sesiones crepusculares, Belle de Jour insular. Ella especificó que no podía comprometerse para la prima noche o la noche plena, a las siete me convierto en calabaza: versión de una Cenicienta que es puta a domicilio. El Viejo tampoco podía comprometer la prima noche o la noche plena: responsabilidades anejas a mis roles de hombre público y privado, esclavitud dictada por la clepsidra del deber. Que no, que a mí no me resulta que se amañe a venir tarde, que no, no y no: resabio en el super ego de un son de otra época: *María Cristina me quiere gobernar*. Después que hacemos lo que hacemos, laboris fornicatio, él se trepa en su carrazo y lo más tranquilo que se va en su carrazo: el superlativo hace referencia a un Mercedes Benz con todos los hierros y novelerías de turno, destacado el aditamento que inclina el asiento delantero hasta nivelarlo con el asiento trasero: cama de urgencia para coitos de urgencia: alguna fregoncita irresistida a mi naturaleza galana: El Viejo informa. Y lo más tranquilo que se va en su carrazo después de soltarme las friquiterías de siempre, friquiterías que yo se las oigo como si me importaran pero que no me importan un comino: porque lo justo es siempre precedente: enseñanza que bebí en el código napoleónico, imagina tú, trigueña dulce de la patria mía, que por una casualidad o dictamen del Señor de Belcebú, me sorprenda en estos avatares licenciosos, siendo licenciado como soy, cualesquiera que me supone y quiere en el cumplimiento del deber oficial: dicho con aire platónico de deberista oficial, voz torva y conminación velada a recitar *El brindis del bohemio*. Bien friquits que es, Bien wilis naiquin que es. Con las mismas pendejadas siempre. Con más eses que un peo lento. Con más perfume que un botellón de alcoholado Eucaliptino. Como

16

yo soy la que me tengo que treparme en la guagua que no es él. Como yo soy la que me tengo que aguantarme el chino que me dan en la guagua que no es él. Como yo soy la que me tengo que llegarme a mi casa a las tantas que no es él. Y dos veces van que por llegarme a mi casa a las tantas me he perdido el show de Iris Chacón en la televisión.

ESCANDALIZADA, IDO EL aire, aniquilada por una jiribilla bien illa, el oxígeno trancado en los pulmones: es adoratriz de la artista Iris Chacón, la casita de Martín Peña la tiene empapelada con portadas de *Vea, Teveguía, Avance, Estrellas, Bohemia* en las que la artista Iris Chacón es la oferta suprema de una erótica nacional: envidia de culiguardadas, fantasía masturbante de treceañeros, sueño cachondo de varones, razón de la bellaquería realenga. Y las dos veces que me he perdido el show de Iris Chacón en la televisión me han comentado que Iris Chacón ha mapeado, ha barrido, ha acabado. Y las dos veces que me he perdido el show de Iris Chacón en la televisión me han comentado que a Iris Chacón le pusieron la cámara en la barriga y esa mujer parece que se iba a romper de tanto que se meneaba, como si fuera una batidora eléctrica, como si fuera una batidora eléctrica con un ataque de nervios. Es que esa Iris Chacón tiene un salsero entre cuero y carne: apéndice totalizante y clave para que regrese el aire ido, para que se abra la compuerta del oxígeno. Vuelta y vuelta: ay deja eso, que venga a la hora que tiene que venir o que se vaya con la pejiguera a otro solar y si se quiere ir con la pejiguera a otro solar pues que se joda la bicicleta: para claras, Clara y yo. El Viejo me pasa los pesos pero los pesos me los pasa quien yo quiera que me los pase. Como si yo no, psss. Como si a mí no, psss. Como si una no, psss. A mí el chereo se me sobra. A mí los elementos que quieren ponerme a vivir en puerta de calle se me sobran. La machería que me quiere trepar da para mí y cinco mujeres más: los pones que me ofrecen, que si yo me dedicara a coger pon no volvía a saber lo que era treparme a una guagua por el resto de mis días. Lo que pasa es que yo no soy ponera, psss. Los hombres que se me van detrás, ahí ahí como el matapiojos, tipos bien wilson, una jauría de mamitos. Señal de que yo suelto al Viejo y amarro por donde quiera. Señal de que lo mío es sacar a los hombres de sus casillas. Señal de que lo mío es lo que es. Señal de que lo mío es caña de azúcar. Señal de que yo estoy buena como la India. Señal de que yo no estoy buena porque yo estoy buenísima.

SEÑALES MAYÚSCULAS DE que sus atractivos se cotizan alto en la tupida oscuridad de las braguetas. Cierto, ha dicho verdad y como verdad debe endosarse, pregonarse: Sansón, piernicorto del sector *El relincho,* quiere encargarla del despacho de un candy store que solapa dos camas de mariconeo; Sansón tiene relaciones comerciales con mariquitas descosidas y mariquitas de ocultis porque Sansón es bujarrón que circula por los urinarios del Parque Muñoz Rivera y por el Parque de la Convalescencia; un bolitero de la quince llamado Deogracias Castro le ofrece la ganancia de veinte libretas de bolipul y el préstamo de una secadora de pelo que una borrachona le empeñó; un veterano vietnamero de tripas ametralladas, Pijuán Gómez, le garantiza la mitad de su pensión de soldado esquizoide, además de nombrarla heredera universal de sus bienes por si me cago en mi madre primero que tú; El Turco, un conguero de Villa Cañona, jura que le consigue una presentación danzante en el cine Lorraine, presentación que ella haría con el nombre artístico de La Langosta: tú tienes la comida atrás. Precio solicitado por los cachanchanes para la otorgación diligente de los favores susodichos: darle fuego, darle el azote de la vaca, darle con la vara que se le perdió a Pancuco: prometimientos de un cariño agresor del cual ella disfruta sin celebración. Que mucho puesto que se da porque tampoco es cuestión de tirarse al desperdicio: aristotélica a pesar suyo: la virtud es el punto medio entre dos extremos: yo no pelo el diente más de la cuenta. Psss.

FILÁNTROPA ES Y como tal regala los ojos a la construcción ajetreada de un condominio; los ojos, pendientes uno del otro como los malos acróbatas, saltan media docena de drones, inspeccionan los andamios que inspecciona un inspector, tropiezan con el beso del cemento y el ruido, corretean por la posta de carne con la que mea un albañil cuando ella les grita: suban para arriba, gritado luego de hacer la acotación mental de albañil que mea a las cinco: ligona, dadivosa en el pele. Inevitable el exabrupto guaracho: *la trompeta a romper su guasimi-*

lla, las trompetas hienden los surcos, las trompetas hablan de ritos clandestinos, las trompetas hablan de cuerpos montados, las trompetas hablan de cálidos encuentros de una piel con la otra, las trompetas hablan de ondulaciones lentas y espasmódicas: el trío de trompetas trompeteras. Vuelta y vuelta, se sienta a esperar sentada, esperar sudada en sofá sudado, vox populi es que fogajes africanos asan la isla de Puerto Rico, esperar transpirada: porque se fue la luz, porque la luz se va todas las tardes, porque la tarde no funciona, porque el aire acondicionado no funciona, porque el país no funciona: lo oyó así mismito cuando venía en la guagua hacia el dichoso apartamiento. Y no lo dijo un jipi de melena salteada con polen y languidez de Cristo tecato. Lo dijo un hombre hecho y derecho: el país no funciona, el país no funciona, el país no funciona: repetido hasta la provocación, repetido como zéjel de guaracha: frente a una luz roja que era negra porque el semáforo no funcionaba, indignado el hombre hecho y derecho, el estómago contraído por la indignación, las mandíbulas rígidas: el país no funciona. Los pasajeros inscribieron dos partidos contendientes: uno minoritario de asintientes tímidos y otro mayoritario vociferante que procedió a entonar, con brío reservado a los himnos nacionales, la irreprimible guaracha del Macho Camacho *La vida es una cosa fenomenal,* el chofer facilitó los tonos graves: un flaco alámbrico, guarachómano desahuciado; la guagua incendiada por los alaridos y berridos del partido mayoritario, la guagua incendiada por los hachones de felicidad sostenidos por los pasajeros del partido mayoritario vociferante: felices porque a guarachazo limpio sepultaron el conato de disidencia, la guagua incendiada por las palmadas y las figuras de los que rompieron a bailar y bailotear en el pasillo estrecho, sobre los asientos, sobre el torno, la espalda del chofer hecha tumbadora por un técnico de refrigeración que se reveló como arreglista musical. Ella piensa que pensó: relajar es lo mío y se sumó al guaracheo: guarachó hasta que el cuerpo le dijo: chica, siéntate. Pero, no le hizo caso y encomendó el culo a los sones de la guaracha del Macho Camacho, los sones de la guaracha del Macho Camacho hicieron trizas de su culo, grande culo el suyo. Las piernas cruzadas en cruz, descruza las piernas, sopla y resopla y abanica sudores, miércoles hoy, tarde de miércoles hoy, cinco pasado meridiano de miércoles hoy.

AGUZA LA BOCA porque le viene un eructo cocacolizado, increíblemente enérgico, que se zampa por entre los sones desveladores de la guaracha. ¿El gas de la gaseosa, la acidez, la flatulencia crónica, el ron, el estreñimiento, la palangana de cuajo que se mandó de una sentada, el regreso afantasmado del café negro, el pataleo de la víscera bazo por el cerveceo matinal, la ansiosidad que me parte en dos bandas cuando espero? Ella razona a su antojo como el granito de Arroz Sello Rojo: meses hace que ni me purganto ni me magnesio, siglos que no bebo agua de jagua, el agua de jagua lava los riñones. La ubicación del eructo es perfecta: entre el alarido de las trompetas y el aguacero de golpetazos que se estrella sobre el bongó, una bravata gutural o improvisado descenso átono que aplaudiría Su Santidad Louis

21

Armstrong en una encíclica musicosa avalada con sones calenturientos. Vaporado el eructo se reorganiza la chatura de su nariz, ¿es china, japonesa, coreana?: más de uno ha pensado, aplastada la cara como tapa de lata de galletas: mulata lavadita es.

UNA CERTERA INDIFERENCIA la pasma, cara de ausente tiene, cátenla, como si tuviera otra cosa en las venas, qué, otra líquida substancia. ¿Es líquido el que se joda? ¿Puede el que se joda transmutarse en plasma? Mírenla ahora que no mira, regresada sin agruras de este lío de querindanga tapadísima, este embromado combate y el otro. Como si la indiferencia fuera la salida, la frialdad cien grados prueba fuera la salida, ¿la frialdad sólo aparente? ¿Aprendió el dulce encanto del fingimiento de los manerismos repercutidos del grandioso teleculebrón *El hijo de Ángela María* que convirtió en melaza el corazón isleño?: el país en vilo por las vicisitudes de Marisela y Jorge Boscán. ¿Aprendió que la vida es una cosa fenomenal de la mismísima guaracha del Macho Camacho?, arrasadora consigna, incitadora a permanente fiesteo, evangélica oda al contento y al contentamiento: con la Biblia hemos topado. Cosas hay que no llegan a saberse, el misterio del mundo es un mundo de misterio: cita citable. Lo que bien se sabe es que a ella todo plin, bien se sabe por boca de ella misma. Óiganla: a mí todo plin. Oigan esto otro: a mí todo me resbala. Oído a esto, oído presto: a mí todo me las menea. Y, enseguida, arquea los hombros, tuerce la boca, avienta la nariz, apaga los ojos: clisés seriados del gentuzo *a mí me importa todo un mojón de puta:* padrenuestro suyo. No la miren ahora que ahora mira.

Y SEÑORAS Y señores, amigas y amigos, porque lo dice el respetable público y el respetable público es el que dice y digo yo que lo que dice mete mieditis, continúa en el primer e indiscutible favor del respetable público a través del primer desfile de éxitos de la radio antillana, transmitido por la primera estación radiodifusora o primera estación radioemisora del cuadrante antillano, con super antena trepada en el superpico del super país, continúa, repito para consumo de los radioyentes que

EL SENADOR VICENTE Reinosa —Vicente es decente y buena gente—está atrapado, apresado, agarrado. Dice: llegaré tarde. Llegaré tarde: redice. Dice, redice, maldice y no se arranca algunos pelos porque algunos pelos tiene, habilísimamente dispuestos y fijados con laca naturalidad por la recomendación estilista de un barbero metido a. Visto con crasa objetividad, el hombre no se ve mal pero tampoco se ve bien. Como que no se ve ni mal ni bien, que es una manera de verse como otra cualquiera. Aunque ustedes, que lo tienen ante ustedes, todo estampa garrida de anuncio de Glostora, todo galanura apreciable de galán que traspone el umbral de Clubman, deciden si se ve bien o si se ve mal o si no se ve ni bien ni mal. El Senador Vicente Reinosa —Vicente es decente y su conciencia es transparente— está atrapado, apresado, agarrado por un tapón fenomenal como la vida, made in Puerto Rico, muestra ágil el tapón de la capacidad criolla para el atolladero, tapón criminal, diríase que modelado por el cuento de Julio Cortázar *La autopista del sur*: ricura, ricura, la vida plagiando la literatura. El Senador Vicente Reinosa —Vicente es decente y de la bondad paciente— merienda trozos suculentos de cutícula, deniega una moción de la bilis para visitar la cavidad bucal, desanuda la corbata que lo guillotina: guillotinado por Oscar de la Renta. Colmada hasta el fondo la copa de la desesperación y apurado hasta el chorro último el termo del desconsuelo, recita con mímica proscrita en el Old Vic y altisonancia propia de declamadora municipal y espesa:

PUÑETA, REPUÑETA, REQUETEPUÑETA: no digo que llegaré tarde para no pecar de usante inexacto de la lengua materna. Pero, digo tardísimo; la tardanza impondrá la precipitación del fornicio. Y el fornicio precipitado es un procedimiento aficionado por mi parte nunca recurrido. Y mi cartel establecido de amante tempestuoso, y mi fama pregonada de cortejo meticuloso: a sort of fucking superstar, sufrirán las consecuencias de una prisa de cuya razón no soy yo el responsable. Situaciones como ésta que ahora vivo y padezco atentan contra el sostenimiento, propagación y perpetuación de la tradición continental del latin lover. Y atentan contra el culto inmarcesible a las hazañas genitales de Ricardo Montalbán y yo, Fernando Lamas y yo, Porfirio Robirosa y yo, Carlos Gardel y yo, Jorge Negrete y yo, Mauricio Garcés y yo, Braulio Castillo y yo, Daniel Lugo y yo: emoción ascendente de chiringa ascendente. La historia fallará por qué dijo lo que dijo, la historia estudiará el contexto, en que dijo lo que dijo: me cago en la sota de bastos. La historia fallará por qué dijo lo que dijo con

VOZARRÓN QUE EL Senador Vicente Reinosa
—Vicente es decente y con el pobre es condoliente—
acredita de vozarrón regulado para que combine con
la fuerza bólida de mi bólida personalidad: respiración honda en la que nadan victoriosas intoleran-
cias, sonrisa acordeónica a la disposición sempiter-
na de los presidentes de corporaciones y algunos vi-
cepresidentes también, dotes que ameritan su exal-
tación a un santoral de tutelas conocidas: orador para Leones, charlista para Rotarios, darling de los in-
dustriales, disertante bimensual del Comité de De-
fensa de la Libre Empresa, rapsoda permanente de
las Hijas Católicas de América que cierran los ojos
embriagadas por el prodigio de su facundia. Hombre del año ha sido dos años: la vez primera cuando
presentó la resolución legislativa mediante la cual
se endosaba la presencia mesiánica de las tropas
norteamericanas en Vietnam, la vez segunda cuando gestó y gestionó la campaña nacional con la cuña
Yankees, this is home encaminada a contrarrestar el
efecto ingrato de la campaña *Yankees, go home,* ini-
ciada y conducida por los grupos antisociales de
siempre; hombre del año ha sido dos años e hijo
adoptivo de siete pueblos que en guerras civiles de
volantes ponzoñosos y pasquines jupiterinos han reclamado para sus jurisdicciones las efemérides su-
cesivas de su nacimiento: con testimonios juramen-
tados de siete comadronas que guardaron en la verdad inconmensurable de sus siete biblias el testimo-
nio de los siete ombliguillos senatoriales; primer recorte de pelo, bautizo, caída de los dientes de leche:
en dos pueblos la Asamblea Municipal presupuestó
sendas investigaciones para dar con el paradero del
ratón que dispuso de los dientes de leche del hoy in-

signe, preclaro e ilustre, como se le nombra periódicamente en los periódicos.

EL SENADOR VICENTE Reinosa —Vicente es decente y su talento es eminente— mira el reló, mira los brillos metálicos liberados por miles de capotas acorraladas por el sol, mira bostezos, mira gruñidos, mira insolencias, mira una libra de carajos lanzada contra el embreado, mira un poco a poco traído son, traído a capella, traído por una garganta anónima, anónima y colectiva, anónima, colectiva y domesticada, garganta que prefiere el sedante propuesto por la guaracha que ha corroído el país, tomado el país: *la vida es una cosa fenomenal.* El poco a poco traído son infiltrado en las seis filas ataponadas, transforma su poco a poco en un susurro agrio, ensordecedor, susurro y bayoya y gufeo como dogma nacional de salvación: invadido el país. Por varias razones que son una: rechazo de una eyaculación desabrida y a galope a favor de una eyaculación condimentada y a trote, el Senador Vicente Reinosa —Vicente es decente y su idea es consecuente— cágase en la cristiana deidad y desestima el consejo que sores tocadas le ofrecieron cuando aprendía los gozos inefables de la santa comunión: dejad que la forma sagrada se os deshaga en la lengua, abandonaos al sacramento precioso de la Eucaristía. Esta vez, cuarenticinco años después, después de doblar las rodillas ante docena de retablos, después de privarse de comer carne durante viernes eternales de veda rigurosa, después de citar las lamentaciones de Job, las confesiones de San Agustín, las epístolas de San Pablo, después de pernoctar en asilos para cursillistas, después de señalarse por el regalo de un icono eslavo a la iglesia donde friega sus pecadillos, sin reparos, sin obediencias atávicas, sin consideraciones ancestrales, se caga vilmente en la hostia. Se caga en la hostia y la mastica, masticada hasta saborear su reducción a alimento de rumiante. Cágase también, como de paso, en el copón bendito y recuesta la cabeza del claxon: mucho rato.

MUCHO RATO: LA realidad circundante aboli-
da por los ojos cerrados, la realidad circundante
reinventada por los ojos cerrados: ventarrones que
soplan y arrastran mujeres grandes, grandísimas
como las amazonas de la California: prietas, prietonas, prietísimas, acaneladas, negras como los teléfonos, negras como el carbón; mujeres grandes,
grandísimas como las amazonas de la California,
adulterada su condición normal de mujeres grandes, grandísimas como las amazonas de la California por la multiplicación furiosa de su sexo peludo y
cavernoso: veintena de sexos peludos y cavernosos
distribuidos por cada cuerpo, brotados como hongos,
brotados como cardos: indiscriminadamente; mujeres grandes, grandísimas como amazonas de la California que trasiegan a su alrededor, alrededor del
sátiro pezuñoso adulterada su condición normal de
sátiro pezuñoso por la multiplicación furiosa de su
sexo peludo y alongado: veintena de sexos peludos y
alongados distribuidos por su cuerpo, brotados como
yuyos, brotados como lipomas: indiscriminadamente. Las mujeres grandes, grandísimas como amazo-

nas de la California inician la seducción del sátiro pezuñoso: como pulpos siseantes, esfuerzan la entrada de su veintena de sexos peludos y alongados en sus cientos de sexos peludos y cavernosos. La desproporción numérica fatiga al sátiro pezuñoso, el sátiro pezuñoso prepara la fuga, hasta el patio de la Cervecería Corona. Las mujeres grandes, grandísimas como amazonas de la California, prietas, prietonas, prietísimas, acaneladas, negras como los teléfonos, negras como el carbón, reciben el mensaje que le envía el monitor de su intuición femenina y lo rodean y proceden a despingarlo: rato bueno en la despingación, mucho rato y grito: la realidad circundante reconquistada por una horda de cláxones.

LO REMIRA: CINCO para las cinco: el reló suda solidario: un piaget que achata la muñeca fortalecida en ejercitaciones matinales: tensión dinámica de Charles Atlas: latigosos son su cuerpo y su elocuencia. Pero, lo que se dice atrapado, apresado, agarrado, está el Senador Vicente Reinosa —Vicente es decente y nunca miente— por el tapón que se organiza cada tarde en el tramo que va desde el Puente de la Constitución hasta la Avenida Roosevelt por la ruta del antiguo matadero. Sudor que atestigua la vendetta del sol en el aquí: el aquí es esta desamparada isla de cemento nombrada Puerta Rico. Sudor secado con pañuelo del hilado puntilloso. Sudor parapetado tras la fragancia del Vetiver de Craven: la elegancia es su fuerte: hace un mes su gracia onomástica y figura figuraron en la nómina reñida de los hombres mejor vestidos del país, evento destacado que le reportó reportajes ante las cámaras de televisión y los suplementos de los periódicos sabatinos. Evento destacado que reportó solicitudes de dueños de boutiques y editoras de páginas femeninas de su opinión sobre la vuelta a la sensibilidad de los años treinta por la influencia de la película *The godfather:* ¿hay una sensibilidad nostálgica en el horizonte? ¿volverá el sombrero masculino?, ¿volverá el chaleco?; ¿volverá la corbata de pajarita?, ¿volverán las oscuras golondrinas? La elegancia y la oratoria son su fuerte: recién ha dado a la imprenta un tomo antológico de prosa tribunicia en el que *catarata en apocalipsis verde el hombre de la rojedad telúrica* como noticia en el prólogo extenso y consagratorio un minervo exégeta, poetiso y vocal de cuatro academias de la lengua. La elegancia, la oratoria y las mujeres son su fuerte: animal insomne entre las piernas.

A LAS CINCO de la tarde, a las cinco en punto de la tarde y son las cinco en todos los relojes, el tramo que va desde el Puente de la Constitución hasta la Avenida Roosevelt por la ruta del antiguo matadero es el infierno tan temido o la sucursal principal del. Cuando no es el olor rancio a víscera reventada de sato realengo o la agitación de los manglares vecinos o el vaho que se cría en el basurero municipal o el escape de gas de las refinerías de Palo Seco: gases apestosos a mierda de la buena, es el tenebroso oleaje de polvo, amén del cuasi ensayado tranque vehicular: como Mamut de lata, despanzurrado, un camión de carga de la Sea Land, a su lado la grúa

que le da respiración artificial, motoras que cabrio-
lean por los viales escasos, la flota de Dodge que
vuelve de los muelles de la Parada Siete, una gua-
güita Payco, cientos de carros. No hay un árbol; si lo
hubiera se tramitaría, seguidamente, su liquidación. Hay, sí, calor en abundancia y mucho, muchísimo chofer y pasajero guarachómano, como pacientes contagiados, epidemiados de un virus de culeo y
remeneo y *arrecuérdate que desayunas café con pan:*
industria nacional la guachafita.

EL SENADOR VICENTE Reinosa —Vicente es
decente y no ha tenido un accidente— pensó cortar
por la Avenida Muñoz Rivera y llegar a la Avenida
Roosevelt a través de la calle Quisqueya pero recordó, joder de los joderes, que en el Coliseo Municipal
Roberto Clemente se celebra hoy el Primer Festival
Nacional de Batuteras con premio codiciado de peri-
plo a la Casa Blanca a batutear ante la condescen-
dencia nixoniana de Tricia y Julie y en el Estadio
Hiram Bithorn se celebra hoy el Primer Festival de
Comelones de Morcilla con premio adjudicatorio de
la cátedra universitaria de la Ciencia Doméstica del
Embutido y en la Plaza Las Américas se celebra hoy
el Primer Festival Nacional de Monaguillos con premio magno de beso a la mano del Cardenal y pre-
mios consoladores de homiliarios en concha esmeri-
lada. Y la congregación de los participantes, los familiares y los merodeadores se calculó en cifras de
miles por los servicios proféticos de la policía. Y los
servicios proféticos de la policía predijeron transito-
rias dificultades del tránsito aunque permanentes

entre las tres y las seis. Y son las cinco. Nada, que la escapatoria se escapó, que ahora tendrá que mamarse el tapón y el calor: uf, uf, uf: interjección que denota un calor caluroso aprendida en la lectura a hurtadillas de las comiquitas de

LORENZO Y PEPITA. Molestias en collar: primero el calor, del calor el sudor, el tapón, el previsto bembeteo de su mujer, alimentada su mujer con cápsulas de jodeína, el bolerazo que asestó a todos la nueva Senadora cuando quiso cantar en el hemiciclo porque lo de ella era diz que cantar; la mamalonada del Senador correligionario que solicitó, con verecundos trinos, a última hora, cuando bajaba las escalinatas del Capitolio augusto con premura sexuada, su coauspicio del proyecto de ley creadora de la galería benemérita de los padres de la patria puertorriqueña: Washington, Lincoln, Jefferson y demás titanes, galería con bustos de cuerpo entero de. Excuse la interrupción indebida y atolondrada pero ¿oí bustos de cuerpo entero?, oyó bustos de cuerpo entero. Teletipa el pensamiento vicentino: bruto y orgulloso de serlo. Bustos de cuerpo entero de Washington, Lincoln, Jefferson y demás titanes forjadores de la patria puertorriqueña, de manera que nuestros hijos y los hijos de nuestros hijos descubran en la majestuosidad de la piedra aporreada el. Excuse la interrupción indebida y atolondrada pero ¿oí piedra aporreada?, oyó piedra aporreada. Teletipa el pensamiento vicentino: animalo irredento. Descubran en la majestuosidad de la piedra aporreada el reposo de nuestra historia. Broche que cierra el collar de molestias: retraso del encuentro ansiado con la corteja de turno. Ah, ah, ah, con sus cortejas y querindangas tapadísimas él podría hacer un establo: cuántas potrancas: expansión de los cachetes como el sapo fabulado. Un engreimiento, una jaquetonería, un julepe padrote, un yo sí y qué pasa, engalanan la palabra corteja.

ACABAN DE EMPEZAR a oír mi acabadora Discoteca Popular, que se transmite de lunes a domingo de doce del mediodía a doce de la medianoche por la primera estación radiodifusora y primera estación radioemisora del cuadrante antillano, continúa en el primer e indispensable favor del respetable público, después de ocho semanas de absoluta soberanía, absoluto reinado, absoluto imperio, esa jacarandosa y pimentosa, laxante y edificante profiláctica y didáctica, filosófica y pegajosófica guaracha del Macho Camacho *La vida es una cosa fenomenal.*

CON LAS UÑAS esmaltadas por Virginale, trampa de amor creada por la naturaleza, con frescura y pureza de bosque virgen, de tonos ligeros como las nubes, Graciela Alcántara y López de Montefrío abre la cartera: un bolso encantador de cabritilla nívea comprado a crédito en Sears, delicadísimo, elegantísimo, carísimo e imprescindible para las ocasiones en las que se hace pertinente un cierto cuidado abandono; blasonado así por los dioses del trapo el último de los gritos: la ostentación de la no ostentación: the very casual look: lucir como si no se luciera desde la lucidez, vestir pecablemente impecable el modelito elegido sin elegir, gloria aeternus de señoronas que letanían el qué me pongo: ahogadas en laberintos de chifones, estampados de seda italiana y extravagancias costureriles de Givenchy, Halston y Balmain para evitar decir Martin, Carlota Alfaro y Mojena. Graciela Alcántara y López de Montefrío extrae del bolso encantador de cabritilla nívea: delícadisimo, elegantísimo, carísimo, el vaniti de oro coronario comprado a crédito en Penneys: orlado de jacinto que remata en lazo. Clap gentil y ábrete vaniti. Antes, sonrisa de halago, ¿halago?, a la recepcionista que lee la edición trigésima de la novela *La otra mujer de su marido* de Corín Tellado, lectura hecha con fondo musical reverberante de la guaracha del Macho Camacho *La vida es una cosa fenomenal.* Foot note sin el foot: la recepcionista funge de enfermera si la cosa se pone caliente: y la cosa se pone caliente cuando uno de los clientes o uno de los pacientes se resiste a la comedia de manners and morals, del please to me, del besamanos, del guille de all is quiet in the western front, de Jane Fonda en *Klute:* coolness y análisis.

LAS MEJILLAS DE Graciela Alcántara y López de Montefrío inundan el espejito del vaniti. Espejito, espejito: lo camela, lo adula, lo quiere hacer su amiguito, con el rabo del ojo escruta la zona facial donde los vasos capilares se azulan: fantasiosa, escapista, Graciela Alcántara y López de Montefrío tiende una escala dulce entre la edad presente y una edad perdida, invocada por los divinos humectantes de Helena Rubinstein, escala dulce que muere en salones espaciosos, sucesivos, donde el llanto profuso de las lámparas improvisaba la poesía de los días iluminados: cotillón de debutantes en la Casa de España: ghetto de amenidades peninsulares y admiraciones criollas: todo apellido inscrito sueña la corona de un esplendor configurado por el número de cabezas de ganado, el número de tierras de cultivo, el número de tierras de pastar, el número de préstamos bancarios, el número de hipotecas conservadas, el número de acreedores consignados, el número de servilismos agenciados: segundones hay: probeteros de boticas fundadas con anterioridad a que los americanos se sirvieran la sopa con el cucharón grande, almaceneros que no erradican del tuxido el grajo a cebolla y ajo, sobrinos políticos del señor que tiene molino en Tarragona, primos lejanos de señor que tiene pazo en Villa de Arosa; cotillón de debutantes en la Casa de España: ghetto de amenidades peninsulares y admiraciones criollas.

PRESENTACION EN SOCIEDAD de Graciela Alcántara y López de Montefrío y otros quince capullos acrisolados en el seno de la distinción: introito del heraldo andaluz que, años tras año, con fanfarria de plumas, pecherín y medias calzas, presenta a los capullos acrisolados en el seno de la distinción, introito del heraldo andaluz una vez dados tres varazos en el suelo; vara de la autoridad en los burgos medievales. Locución del heraldo andaluz: los quince capullos bordarán con el hechizo de sus pies y el embrujo gracioso de sus brazos, la elegancia palatina del palatino cotillón: lágrimas de madre y padre eternizadas en cajitas lagrimales de Battersea, bandada de tules, bandada de organdíes, bandada de piqués, pucha de miosotis, pucha de hortensias, pucha de bromelias: cortesanías dibujadas por la inclinación leve y el leve paseo. Locución del heraldo andaluz: quince efebos favorecidos por la esquiva Diosa Fortuna sorprenderán el milagro de los quince capullos acrisolados en el seno de la distinción para dar forma vienesa a ese *Danubio azul* impaciente en las cuerdas del violín: lágrimas de madre y padre eternizadas en cajitas lagrimales de Fabergé. Locución del heraldo andaluz: los quince capullos acrisolados en el seno de la distinción, promesa de rosas de un mañana rosáceo, se abandonan con el decoro abonado por jardineros devotos a su noche primera en sociedad, oh crema congregada, oh nata instituida, salva de vivas solicito para la gala de Medina, para la flor de Olmedo.

GRACIELA ALCÁNTARA Y López de Montefrío, paipai de nácar, brasier strapless, pelo que tentó al publicista del Tricófero de Barry, pelo organizado en dos moñas de las que pendían dos cascadas de bucles, Graciela Alcántara y López de Montefrío, medrosa y recelosa porque su efebo favorecido por la esquiva Diosa Fortuna la ciñó hasta ceñirle el aire, hasta ceñirle los pensamientos, buscó entre las mesitas que rodeaban la pista de baile la mirada grave de la viuda de su madre, su efebo favorecido por la esquiva Diosa Fortuna la ha ceñido hasta reducir la circunferencia del talle a milímetros y le ha murmurado en el oído franqueado por perlas majoricas: en un cofrecito de oro metí la mano y saqué el dulce nombre de Ciela que jamás olvidaré: que jamás olvidó hasta la próxima pieza, bolero de Sylvia Rexach: *soy la arena que la ola nunca toca.* Porque cuando Graciela Alcántara y López de Montefrío cejó, resistió el atrecho indecente de su brazo, el efebo favorecido de la esquiva Diosa Fortuna sintió que se le maltrataba, ridiculizaba: un down en su orgullito tarimado en reclamos telefónicos de muchachitas que hacían pininos en el deporte de la caza del hombre: bailaron sí, con una displicencia y un enfado ofensivos a una primera noche en sociedad, orquesta de César Concepción con su cantante exclusivo Joe Valle; en su casa, mientras procesaba el desmonte de sus moñas de las que pendían dos cascadas de bucles, Graciela narró con puntos y comas los extremos del incidente a la viuda de su madre, el dolor de nacer mujer: lloraron: la viuda de su madre tomó la decisión: marcharás al extranjero, marcharás a Suiza nevada y pura, te alejarás de la vulgaridad insular de la que es rigor cristiano huir: persignada. Las semanas siguientes la prensa se hizo lenguas de la exitosa entrada en sociedad de Graciela Alcántara y López de Montefrío: portada de *Alma Latina,* medallón gráfico del *Puerto Rico Ilustrado,* incorporación del acontecimiento histórico en las crónicas de Miguel Ángel Yumet, Carmen Reyes Padró y Lady Boix de Buxeda: coincidencia en los epítetos desempolvados: portadora angélica de la inocencia, fresca como novia niña, burbujeante alegría, porte de Infanta de las Españas:

DOLOROSO VIAJE AMARGO a través del espejo, Graciela Alcántara y López de Montefrío no es Alicia pero viaja a través del espejo, viajera interespejoal, en los árboles parturientos de su imaginación parturienta aguarda la sombra que larga el dulce pájaro de la juventud: azorada, tremulante, llorosa, resiste la provocación del obsceno pájaro de la noche: lúbrico exigente: muerta antes que entregada a festejos libidinosos, muerta o desangrada por los pájaros que van a morir a Perú. ¡Ay, y ayes de la que fue hermosa! Próximamente en esta cara: mascarilla de sal con yogurt, mascarilla de almidón y sándalo, mascarilla de especias filtradas con pizca de olor a canela y azafrán. Rrrriiinnn, qué susto, el corazón se le sale a la boca pero dócil, tras el regaño, regresa a la corazonada. La recepcionista: Misis, refresque esos nervios. Rrrriiinnn. La recepcionista baja el volumen del transistor. El silencio, compacto como un hipopótamo, borra una *cosa fenomenal*. Rrrriiinnn, tercer rrriiinnn, tres son los rines que se aguardan para levantar el aparato telefónico y contestar: etiqueta estipulada en la columna de Ann Landers inserta en los manualillos de la secretaria eficiente y ratificada por los cursillos del suizo refinamiento.

HOLA, HOLA, PEPSICOLA: ingenio colonizado. Oficina y Consultoría de Práctica Síquica y Sicosomática del Doctor Severo Severino... Lamentando tener que decirle que la solicitud suya es bien imposible... Bien imposible en la semana en que estamos y en las semanas en que estaremos en las próximas semanas... Mucha señora deprimida... He dicho que está la señora deprimida que hace orilla... Repito que está choreta la señora deprimida... Digo que se puede hacer una redada de señoras sanjuaneras deprimidas... Mándela a Disneylandia... El encuentro con el Perro Pluto puede que le devuelva las ganas de vivir... Cómprele un helado de chocolate... El Doctor Severo Severino lo llamará para atrás.

POR SUS FUEROS vuelve la guaracha del Macho Camacho, transistor que escupetea delirios de vida fenomenal. Espejito, espejito, le da un bomboncito al espejito para que se haga su amiguito, expande los ojos, guiña seguidamente, guiña lentamente, como una muñeca neurótica, como una muñeca de traspuesto muelle, como una muñeca de cuerda corta, como una muñeca de pupila irritada y frágil, como una muñeca descoñada. Ahogo callado, el no sé qué, el sí sé qué, el no es mareo pero tiene cara de mareo, conversa con la angustia que la procura por las sienes: fortín de pliegues o nido de viborillas. Próximamente en esta cara: mascarilla de huevo y alcanfor, mascarilla de yema con rocío, mascarilla de clara de huevo con zumo de yerbabuena. Espejito, espejito: Graciela investiga la carnación oculta por la caricia del Balcony Amber, crayón de cera abejosa comprado a crédito en Chez Bamboo, el espejito absorbe una cepa de arrugas adolescentes a la que Graciela suplica la caridad del recato; una cualquier mañana, ritmadas por la prosa cuarentona, la cepa de arrugas tomará la piel de Graciela para asolarla, escrito está en el libro de la vida y anunciado sutilmente en las pisadas de patas de gallo. Esta noche en esta cara: mascarilla de guineo maduro y aguacate con gota de extracto de menta, Graciela Alcántara y López de Montefrío mira el relojín que le cuelga del pecho a manera de relicario, con suspiración lírica ensaya un resuello de hartazgo. Clap destemplado y ciérrate vaniti. Aviso urgente: el vaniti se cerró o el vaniti quedó cerrado a las cinco de la tarde, tarde de miércoles hoy.

CIÉRRATE VANITI DE señora señorísima fastidiada por los dejes insidiosos de esa música guarachosa que a ella le parece un voto de confianza a la chabacanería desclasada que atraviesa como un rayo que no cesa la isla de Puerto Rico: aposento tropical de lo ordinario, trampolín de lo procaz, paraíso cerrado del relajo. Estallido vocal: pero *la vida también es una nena bien guasona.* Fina refinada en una escuela suiza de refinamiento a donde la envió la viuda de su madre, atormentada la viuda de su madre por la estrepitosa vulgaridad insular de la que era, es, será rigor cristiano huir; persignada, asqueada, ultrajada porque la guardarraya moral no se guardaba, testimoniado con la anuencia y respaldo de una vida encuadernada con planchas de decencia: cosecha hay de mujeres que tratan a los hombres de tú, nacidas para el mal o mal nacidas.

PECECITO PESCADO EN el río revuelto del pensamiento gracielino: qué bella es la belleza. Graciela siente un sentimiento: Suiza nevada y pura, la viuda de su madre, el noviazgo con el fino y refinado, caballero y caballeroso muchacho de primera: interminables sesiones de interminables mecidas en los sillones interminables del interminable balcón de la interminable casa solariega de la interminable calle Loíza bajo la mirada interminable de la viuda interminable de su interminable madre; el matrimonio con el fino y refinado, caballero y caballeroso muchacho de primera: jardín de alhelíes la iglesia y de lirios del valle y de fragancias nobles en búcaros italianos reverdecidos por helechos salvajes y mano de abeto; gentío tamaño de invitados colados, beatas sobrantes del rosario y mirones que, por un rato, soltaron el cartón del bingo que se jugaba en la casa parroquial; aleteo y picoteo del Ave María entonada divamente por una super estrella de la Gran Ópera de Curazao, jactanciosa coloratura que cubrió los bancos de la iglesia con tarjetitas de ufana presentación y letra aldina: *Mimí Ledoux. Etoile de la Gran Ópera de Curazao. Tengo vestuario propio.* Y, titingó de los titingoses: aplauso delirante cuando Graciela Alcántara y López de Montefrío, bellísima en su gala nupcial en la que llameaban los tachones de camelias, solemne y trémula, hizo su aparición en el pórtico de la nave, embracetada a su único tío, su único tío cojo. Justo, un cojonal se armó. El sacerdote, un bilbaíno iracundo, columpiaba el hisopo mientras sus ojos de mochuelo nazi, lanzaban dardos de condena; mientras su voz de flautín acatarrado, gritaba: en la casa de Dios no se permiten expresiones de mundanal entusiasmo, manquera para los fariseos, malditos por los siglos de los siglos los que consumaron el pecado del aplauso, cero gloria para los que batieron palmas. Feísima voz de flautín, los cirios estremecidos por el viento que concitaban los aplausos. Graciela se recordaba pálida como la niña de Guatemala, pálida como la amada inmóvil, bellamente quieta ante la turbulencia de las aclamaciones y los bravos y la inusitada admiración de los monaguillos, unos prospectos sensacionales de hijos de puta que trastocaron la lección y en vez de decir amén decían amor, amor. Mimí Ledoux, etoile de la Gran Ópera de Curazao, zampada en el balconcete voladizo del coro, se entusiasmó con las muestras de entusiasmo que supuso originadas por su estupenda, grandiosa, inigualable interpretación del *Ave María* y creyó prudente y mandatorio añadir un numerito de mayor lucimiento personal en consonancia con el entusiasmo originado por su estupenda, grandiosa, inigualable interpretación del *Ave María:* soberbia, émula de la Tebaldi y la Callas, se arrancó con la *Habanera* de *Carmen,* mejorada con cataplasmas flamencas como olés, levantadas del traje y taconeos que vulneraron la debilidad del balconcete voladizo e hicieron volar hasta el altar las uñas y pezuñas del dragón temido que venciera en su momento el Jorge tal, hecho luego santo y apocopado san, dragón y santo que decoraban, en cal endurecida, la subida al coro.

Y, COMO UNA lluvia persistente, como un pececito tontón que caía una y otra y otra vez en la tarraya del recuerdo de su luna de miel en Guajataca: inmóviles visiones como postales decomisadas: protegida por la honestidad de una camisola de corte monacal y encaje austero que, óyeme bien Ciela, no vas a quitarte ni para hacer el fresco acto copulativo, ¿qué es eso Mamá?, cruzacalle espantado de ojo a ojo, eso es la carnal penetración de su vergüenza en la tuya.

Y NO SE trata, señoras y señores, amigas y amigos, del numerito sosito que rellena el repertorio de una agrupación musical como digo diciendo los Afro Babies, los Latin Provocatives, los Top of the Top, los Monstruo Feeling, los Temperamento Criollo. Digo diciendo que no se trata de un estribillo o pamplina sacarina para chulear el gusto de melenudos, peludos.

LE HACE BIEN el baño de sol—dijo la Madre: se afeitaba las piernas y disponía estrellitas de saliva por las cortaduras: gilette bota. Como un murciélago errático, hostigado por celajes crudos, volaba el callejón y volaba el patio y volaba el balcón y volaba la casa de punta a punta el ritornello de pregonada moralidad: *la vida es una cosa fenomenal.* La Madre aparejaba al ritornello de pregonada moralidad un remeneo estentóreo y vallaba los ojos para fabricar en el recoveco de la admiración suma, con tela y telón de su invención, el escenario donde triunfaba su artista favorita: la cresta de sus sueños la ocupaba, como una Circe exquisitada con ramilletes copiosos de ruedas de tomates, mazos de lechugas, berro y rajas de aguacate, el cuerpo policromo, polifacético, polifónico, poliforme, polipétalo, polivalente de la artista Iris Chacón.

LA MADRE QUERÍA cantar a lo Iris Chacón tonaditas de caramelo y chocolate. La Madre quería bailar a lo Iris Chacón y asentar fama continental de nalgatorio anárquico. La Madre quería transformarse en otra Iris Chacón y perderse y encontrarse en las curvas sísmicas que tienen su kilómetro cero en la cintura. La Madre quería SER Iris Chacón y desmelenarse públicamente como una tigresa enfebrecida destas que los locutores llaman temperamentales: bizcas por el mirar penetrante, ofrecido y nunca dado el escote precipitado, la boca en un abrir medio. Una vez transformada en la artista Iris Chacón o hecha la artista Iris Chacón o recauchada como la artista Iris Chacón, proceder a mimar el deseo de los hombres por entre las greñas encandiladas, greñas vacacionantes de la cara y sus aledaños. Resignada a la canallada de no ser quien quería ser, dispuesta a aceptar del lobo un pelo, La Madre se juraba que un día cualquiera, tras estampar su firma, añadiría, tan tan como tan tan: alias Iris Chacón. La Madre: si se me metiera entre ceja y ceja sería la acabadora de la televisión: descarado flujo de conciencia.

LE APROVECHA EL baño de sol, agrega La Madre cuando Doña Chon, vecina nuestra que estás en el Caño de Martín Peña, le pregunta por qué deja El Nene abandonado en el terreno de sol: atrio de la Basílica de San Juan Bosco, parquecito de la calle Juan Pablo Duarte: la han visto en la movida indolora La Becerra y El Eñe. La Becerra y El Eñe que se metan donde tienen que meterse —dijo La Madre—: ojos desbocados y boca ojival putrefacta por sapos y culebras. La Becerra que se ponga a estar pendiente a las andanzas de la hija realenga que tiene y que se deje de rebuscar en los drones de la basura, canto de trapera —dijo La Madre. El Eñe que se deje de estar pasándose darvon con aspirina, canto de pastillero —dijo La Madre. Abandonado ni abandonado, abandonado es darle gasolina a la lengua, abandonado ni abandonado —dijo La Madre: fuego, humento, tizones por la boca. La Madre se enjabonó la otra pierna, la gilette condenaba la pelusa artificial y exoneraba de toda culpa a los tocones: El Viejo se encampana cuando me sobetea las piernas barbudas —dijo La Madre: noticiera feliz del quiqui fetichista del Viejo. Doña Chon, espulgaba el lomo de su gato Mimoso, sentenció: todas esas fresquerías vienen anunciadas en los últimos capítulos de La Biblia. Doña Chon, espulgaba las patas de su gato Mimoso, gato consentido de Doña Chon, sentenció: del cometimiento de todas esas fresquerías pedirá cuentas el de arriba cuando baje. ¿Baños de sol? —dijo Doña Chon: sorpresa, incredulidad. Fiebre de la caliente le va a dar —dijo Doña Chon: médica. Tabardillo del malo le va a dar —dijo Doña Chon: sabia. En el lindo rotito del lindo culito le nacerá un nacidito —dijo Doña Chon papisa, nalgada cariñosa al gato Mimoso que brincó hasta la repisa tercera de la alacena. ¿Baños de sol ? —volvió a preguntar Doña Chon. La primera vez que me lo tiro —dijo Doña Chon: cara garabateada por el escepticismo y otras doctrinas filosóficas antiguas y modernas.

NO ES PENDEJA Doña Chon y quiere que bien

se entienda y que bien se extienda el saber y se corra la voz de que no es pendeja. Doña Chon explica la inferencia prójima de su pendejez por el hecho tundente de su tundente gordura. Primer plano apócrifo de Doña Chon en declaraciones tundentes para aquellos de ustedes que creen, a pie juntillas, que son una cosa el hambre y las ganas de comer: la gente anda creyendo que los gordos nos mamamos el deo. La gente anda creyendo que los gordos somos primos hermanos de William Pen. Dato adicional a tener en cuenta, con independencia de lo que Doña Chon, por pico propio, les ha dicho: Doña Chon es mucho más que entrada en carnes. Doña Chon es mucho más que gorda. El mucho más en tercetos le da espesor de angelote atascado en grasas, angelote rebelado contra toda abstinencia bucal. Confirmado: Doña Chon no es pendeja, los gordos no se maman el deo, los gordos no son primos hermanos de William Pen. Reconocido: Doña Chon es más buena que el pan: masa de trigo que, fermentado y cocido, ella gusta de comer.

EL SOL LE quema la monguera —dijo La Madre, dogmática como católico práctico, dogmática como marxista práctico. El sol le espanta la bobación —dijo La Madre, se atusaba el sobaco desafeitado porque al Viejo le gusta sobetearme el sobaco barbudo —dijo La Madre. El sol sirve para todo como la cebolla que hasta para la polla —dijo La Madre: concluyente, yendo hasta la puerta, dejando que la guaracha del Macho Camacho le hospedara la cintura, cimbreante y cimbreosa, guarachosa y triunfadora en cabarets imaginarios, cercada por un foco que precisaba las líneas imprecisas de su maquillaje colorín, guarachosa y triunfadora y envuelta en rachas de aplausos: *la vida es una cosa fenomenal,* entregando el micrófono al Maestro de Ceremonias, El Maestro de Ceremonias anunciando al público guarachizado con las guaracherías de la estrella del meneo que la estrella del meneo volverá a deleitarnos con el riesgo de sus curvas peligrosas en el Midnight Show así que sigan bebiendo y haciendo lo que yo haría y poniendo el ancla en carne firme y midiendo el aceite y esperando el Midnight Show y recordando que aquí y donde no es aquí la vida es una cosa fenomenal, fanfarria, Doña Chon quitándole el ombligo de lentejuelas, Doña Chon colgando en una percha el bikini de lentejuelas, Doña Chon dándole a beber un ponche de Malta Tuborg, cuándo rayos dejarán de aplaudir.

FUE UN SALAMIENTO que me hicieron a mí mas lo cogió El Nene —dijo La Madre, volviéndose, la puerta abandonada, la gilette en la mano. El Nene era lindo como un tocino —dijo La Madre. El Nene era lindo como una libra de jamón —dijo Doña Chon. La Madre y Doña Chon: jirimiqueras. El salamiento me lo hizo la corteja de uno de mis primos de La Cantera cuando se enteró de que yo moteleaba con uno de mis primos de La Cantera —dijo La Madre, dejó la gilette en una repisa de la alacena. Una vampira, una manganzona, una culisucia que regó que yo era una quitamachos —dijo La Madre. Ese perro me ha mordido veinte veces —dijo Doña

Chon: hierática. Quitamachos yo que el chereo me sobra —dijo La Madre. Los pones que me ofrecen —dijo La Madre. Lo que pasa es que yo no soy ponera —dijo La Madre. Quitamachos, correntona, putón pesetero dijo que yo era —dijo La Madre. Y la vampira, la manganzona, la culisucia se fue derechito al centro espiritista de Toya Gerena y me hizo un salamiento con batata mameya y churra de cabro —dijo La Madre. Y el salamiento jorobó al Nene para siempre —dijo La Madre. La vampira, la manganzona, la culisucia se llama Geña Kresto porque antes de metérsele debajo a un hombre tiene que tomarse un tazón de Kresto —dijo La Madre. El tanto Kresto la ha dañado —dijo Doña Chon, plena de poderes vatisos. Verdaderamente barbárica es esa mujer —dijo Doña Chon, analítica. Esa mujer Geña Kresto tiene que pagarla bien pagá —dijo Doña Chon, justicialista. Lo que aquí se hace aquí se paga —dijo Doña Chon, taliónica. No es de extrañarse que a Geña Kresto le nazca una mata de arañas pelúas en el corazón —dijo Doña Chon, apologista de venganzas medeas. Nacarile del oriente —dijo La Madre, cara garabateada por el escepticismo y otras doctrinas filosóficas, antiguas y modernas. El primo mío que la trata vestida y desnuda dice que esa mujer está como coco —dijo La Madre, argumentosa. Hay cocos rancios —dijo Doña Chon, grandiosa y espeluznada, teosófica y ungida de verdades eternales, radiante en la manifestación de su sabiduría chónica. Suspirosas, su poquitín llorosas, La Madre y Doña Chon miraron:

EL NUBARRÓN DE moscas, euménides zumbonas que improvisaban un halo furioso sobre la gran cabeza. La Madre y Doña Chon miraron la cara babosa y el baberío y la dormidera boba con lagartijo muerto en la mano: El Nene mordía la cabeza del lagartijo hasta que el rabo descansaba la guardia, el mismo rabo que trampado en la garganta convidaba al vómito. La Madre y Doña Chon miraron el vómito: archipiélago de miserias, islas sanguinolentas, collares de vómito, vómito como caldo de sopa china, espesos cristales, sopa china de huevo, convención de todos los amarillos en el vómito, amarillos tatuados por jugos de china, amarillos soliviantados por la transparencia sucia de la baba, cristales espesos por granos de arroz: un vómito como Dios manda.

CUANDO EL PAI se fue de tomatero a Chicago —dijo La Madre, porque la cosa está mal pal de aquí —dijo Doña Chon, El Nene se veía normal —dijo La Madre. Es que era normal de nación —dijo Doña Chon. Eso le vino a salir después del gateo —dijo La Madre. Eso le empezó con calenturones que le daban por la cabeza creciente —dijo La Madre. Gritos como si lo estuvieran matando y se revolcaba contra las paredes y todo se le volvía chichón y guabucho —dijo La Madre. Mismamente como gallina rematada en la casa —dijo Doña Chon. La Madre y Doña Chon: cucharadas repletas de bendito. Después se abrió como un palo al que el mucho fruto espatarra —dijo La Madre. Como si fuera el hijo de Chencha La Gambá que era un número de doble sentido que cantaba Myrta Silva —dijo La Madre. A mí no me gustan los números de doble sentido —dijo Doña Chon, el hocico respingado.

MYRTA SILVA CANTABA muchos números —dijo La Madre, números que traía montados de Cuba y Panamá donde dicen que esa mujer era la reina con su aquel para las maracas y las guarachas. Felipe Rodríguez cantaba muchos números —dijo Doña Chon. A mí me pusieron de nombre la China Hereje que era un número que cantaba Felipe Rodríguez y a Mother no le gustaba que me dijeran la China Hereje porque Mother decía que la China Hereje parecía nombre de mujer de la vida —dijo La Madre. Felipe Rodríguez se casó con Marta Romero antes de que Marta Romero se metiera a artista mejicana —dijo Doña Chon. Ruth Fernández cantaba muchos números —dijo La Madre. Ruth Fernández salía bien presentá como las artistas de afuera y nunca repetía un vestido de artista —dijo Doña Chon. Ruth Fernández fue artista negra pero decente —dijo Doña Chon. Daniel Santos cantaba muchos números —dijo Doña Chon y Mother lloraba cuando cantaba un número que decía *vengo a decirle adiós a los muchachos porque pronto me voy para la guerra* —dijo La Madre. A mi hermano lo estortillaron en la guerra de Corea —dijo La Madre: pena apoyada en la ronquera. Mother se volvió una juanaboba y a los tres meses la encontraron muerta de ná —dijo La Madre. Murió de ganas de morirse —dijo Doña Chon.

EL DOMINGO PASADO no, el otro, llevé al Nene al Templo Espiritual Simplemente María —dijo
La Madre. Simplemente María tiene facultades es-
pirituales en premio al castigo de sus muchos bigo-
tes que le salieron cuando tenía doce años y le vino
la primera mensualidad —dijo La Madre. Simplemente María supo del premio de la espiritualidad
porque empezó a botar linduras por la boca la noche
que veía en la televisión la boda de Simplemente
María la de verdad —dijo La Madre. Mucho muerto
bueno trabaja para Simplemente María —dijo La
Madre. Simplemente María adorna la mesa donde
realiza la obra con fotografías de la difunta Eva Perón, del difunto Presidente Kennedy, del difunto
prófugo Correa Cotto —dijo La Madre. Qué cosa
—dijo La Madre. Lo que es gustarle a uno el vacilón
—dijo La Madre. Cuando esa guaracha dice que la
vida es una cosa fenomenal es que más me come el
cerebro —dijo La Madre. El día que Iris Chacón baile y cante la guaracha del Macho Camacho será el
día del despelote —dijo La Madre. Dios nos ampare
ese día —dijo Doña Chon, lívida en la profecía del
siniestro.

VELLUDOS Y DEMÁS parientes del rebaño. ¿Me entienden bien entendido? ¿O necesita la audiencia sonreidísima, la audiencia respetabilísima, la audiencia oidorísima, otro ejemplo ejemplar de lo que es música música y de lo que no es música música?

FRENAR CADA MINUTO lo incomoda, la incomodidad de Benny. Frenar cada minuto lo fastidia, el fastidio de Benny. Frenar cada minuto lo revienta, el reventón de Benny. Frenar cada minuto lo jodifica, la jodificación de Benny. Frenar cada minuto le jitea las bo, el jiteo de Benny. Frenar cada minuto le cachea las las, el cacheo de Benny. Frenar cada minuto le jona, la jonación de Benny. Éste es Benny. Éste es Benny en mahones. Éste es Benny en mahones y polo shirt. Éste es Benny en mahones, polo shirt y zapatos tennis, también llamados zapatos champions. Benny está metido en un Ferrari y el Ferrari está metido en un tapón y el tapón es tapón de calleja corta que muere en arteria larga: por economizar tiempo, por evitar el derroche de tiempo, calleja que nadie tomará: equivocado, cadísimo, calleja que todo el mundo toma para economizar tiempo, para evitar el derroche de tiempo. Previo y colectivo y consciente reconocimiento de la inutilidad de la protesta pero: un coro de cláxones procedía, todos a una como Fuenteovejuna. Volátil encielado de bocinas. Y, sepultado por el claxónico desafinado, sorteado entre el vocinglerío, culebrea el guaracheo que libertan las trescientas estaciones radiales, grito de purísima salsería: *la vida es una cosa fenomenal.* Indignado pero con una dignidad guarachil, la multitud autosa, la multitud carrosa, la multitud encochetada, frena, guarachea, avanza, frena, guarachea, avanza, frena, guarachea, avanza. Benny, mahonado, polado, championado, es productor de un bocinazo sostenutto, de una cólera sostenutta, de un desmadramiento sostenutto; la expansión de la boca de Benny es tal que

PARECE DE COCODRILO. Con la boca de cocodrilo que parece la boca de Benny, Benny procede a defecarse en y sobre la parentela maternal de un número considerable de vírgenes y santos: estudió en el parvulario de las madres teresianas y en el liceo de los padres redentoristas: en las faldas de unas y en las faldas de unos, lactó el cristiano martirologio: biberones del herético culto, biberones de los atroces castigos infligidos a los que bien creyeron, biberones de la ejemplaridad del fielato. Benny defeca, exonera el cuerpo, depone, evacua, obra, ensucia y demás sinónimos procedentes del bajuno, soez, grosero infinitivo *cagar* en los gentilicios, apelativos y patronímicos de la gente honorable que ganó para nos la opción de la gloria y el infierno. San Filigonio, San Ausencio, San Espiridión, junto a sus madres: cagados. Santa Salomé, Santa Tulia, Santa Leocadia, junto a sus madres: cagadas.

UN FERRARI FRENADO es una afrenta que frena el frenesí. Un Ferrari es un regalo que un Papito Papitote le hace a un Hijito Hijote el día memorable de su cumpleaños décimo octavo: una vez entonada la melopeya del *Happy Birthday* por el orfeón de fámulos y familiares, a excepción de Mami de Benny a la que aquejaba una jaqueca cada cumpleaños del retoño, irrumpió en la marquesina el maquinón de maquinones para júbilo dorsal y desmayo consecuente de Benny a quien hubo que resucitar con pañuelos empapados en alcoholado Superior Setenta y carantoñas paternas y a quien hubo que proteger de las especulaciones que el desmayo de un varón pudieran precipitar en la inteligencia roma de tres sirvientas: Benny es un varón de pura cepa, Benny es un pichón de sátiro pezuñoso, Benny es un coleccionista de meretrices pero Benny es también un sentimental, Benny es un emotivo en crisis, Benny es un matriculado en la línea romántica de Werther y Eduardo el de Wally: pastoral de Papito Papitote ante una feligresía cocineril a la que mantenía gustosa con guiños, piropos y golpecitos en el culo, feligresía cocineril de piel negra que cumplía la faena de devolver a la mansión de Beverly Hills todo lo que el viento se llevó.

O SEA QUE ya yo, o sea que yo ya estoy grande para un party con cake y velitas y besitos sonorizados de Mami y besitos sonorizados de las amigas de Mami y cajas de pañuelos y corbatas y yuntas y estuches de Yardley y botellitas de Acqua Velva y baila con la nena de Betty y baila con la nena de Kate y baila con la nena de Mary Ann y baila con la nena de Elizabeth: exhortaciones cocidas en el caldero casamentero del mamismo por influencia de los censos poblacionales que aseguran la escasez crítica del género masculino y adelantan la soltería inapelable de cientos de miles de féminas. O sea que la cabeza se me hace un pantano cuando oigo, oigo, oigo, a Mami, a Mami, a Mami, que me dice, que me dice, que me dice, bajito, bajito, bajito: dile a tu amigo de la motocicleta que la rueda delantera de su motocicleta impide la inclinación natural de una de las ramas bajas de mis hortensias azules: trabajosamente logradas por el jardinero que hubo de comprar tierra de injerto en Pennock Garden; dile a tu amigo de la melena hirsuta que no tire las colillas en las zonas ajardinadas en donde crecen mis orquídeas negras y dile a tu amigo con facha de mecánico, con facha de gangster de Chicago, con facha di tenore, que no escupiteje tanto en los purrones donde crecen mis suspiros de bebé y dile a tu amigo de la mirada alelada que se separe del tronco débil de mi sauce llorón: Mami de Benny templada con curvas tonales irónicas, Mami de Benny irritada con la franqueza del pelo y el olor basto: pregunto yo si a mis espaldas se ha fraguado el estado huelgario contra el desodorante y las navajas de afeitar; Mami de Benny desavisada de que los intrusos en su molto bello jardino, tan bello como il jardino degli Finzi-Contini ma non tan bello como el jardín de los senderos que se bifurcan ni tan extravagante como el jardín de las delicias, son los retoños viroteados de las castas triunfantes, los hijos de la razón piojosa y la voluntad descascarada. Enter nos: conestatarios ajenados y olvidados de la hazaña colectiva:

créanme. Mami de Benny que repite como un estribillo de guaracha pero sin gracia, sin sal, sin pimienta, sin jelengue, sin gusto ni gasto en azúcar u otras dulzuras:

SALUDA, BENNY, SONRÍE, Benny. Sé sociable, Benny. Enderézate, Benny. Los caballeros aguardan a que las damas tiendan la mano, Benny. Ponte de pie cuando te hable una señorita, Benny. Ponte de pie cuando te hable la Mamá de una señorita, Benny. Ser galante es una diligencia que no permite reposo, Benny. Ser fino es una vocación que supone la disposición full time a ello, Benny. Sé fino y refinado, caballero y caballeroso, Benny. Sigue el ejemplo de tu padre que es fino y refinado, caballero y caballeroso. Benny. Y: lacerada por la incomprensión del género humano, suplicante como sus predecesoras griegas, mendicante de respetos elementales, solicitante de fe en la bondad impoluta de sus impolutas intenciones: Benny, por la salud del Cristo de la Salud, antes de que me dé un ataque al corazón: que yo sé que me va a dar, antes de que me encuentren muerta en la soledad de estas paredes: que yo sé que me habrán de encontrar, antes de que un cáncer me acabe: que yo sé que me va a acabar, dile a tus amigos que bailen, que bailen, que bailen, que a las fiestas se viene a bailar, a bailar, a bailar, que a las fiestas no se viene a hablar de carros, que a las fiestas no se viene a hablar de carreras de carros, que a las fiestas no se viene a hablar de la pista de Añasco, que a las fiestas no se viene a cuchichear por las esquinas, que a las fiestas no se viene a sectarizar la risa. O sea que si me pides mi petición, yo te pediría un Ferrari cheverón, maquinón de maquinones: pero Papito Papitote, yo no, yo no.

TANTO SANTO CAGADO nadie lo viera. Y la boca de Benny, quién lo creyera aunque lo viera: una letrina o mingitorio obstruido con el grafitti más sórdido. Hasta la calleja de nombre presuntuoso, París, lleva lo suyo. Y los creyentes de la Diosa Mita que por la calle París hacen la fiesta en guarniciones de tres y cuatro, llevan lo suyo. Ardores liberados por la indignación civil: o sea que quién ha visto un país sin vías rectas, o sea que quién ha visto un país sin pista para autos de carrera: la mano agotada de presionar tanto el aro de la bocina: un pentagrama el aro de la bocina en el que Benny apunta una combinación suprema de notas, la mano agotada de salir fuera del Ferrari a deshilacharse como bandera que remite señales interrogativas: interrogaciones que balbucean unos cuantos qué carajo pasa allá adelante: pero esta vez la guaracha del Macho Camacho parece pesámica, oída como miserere, oída como maitín, oída como kyrie eleison: salsa eclesiástica ejecutada a las cinco de la tarde de miércoles, miércoles hoy.

O SEA QUE cómo fue que planchastes esa compra, Papito Papitote. Pues óyeme bien, hijo entrañable, invitémonos a la oída los que no somos hijos entrañables, llamé desde el Senado para que la procedencia de la llamada, es decir, la influencia adscrita popularmente al lugar procedente de la llamada, consiguiera el abaratamiento virtual de los costos: oiga, mándeme un Ferrari y envuélvamelo bien: chiste glorioso que nos costó más de una lágrima al tipo orejudo y vendedor de Ferraris y a mí. Papito Papitote, qué chistosón es mi Papito Papipote: convulsión y compulsión a darle un besote a Papito Papipote. Orejudo y vendedor de Ferraris que para entonces o por entonces, que ambas construcciones sintácticas o sintáxicas son correctas, como son correctas las voces o las formas expresivas sintácticas y sintáxicas, andaba a la procura de una agencia de lotería para usufructo de la tía de la comadre de la prima de la mamá de su suegra. Corrijo gustoso: la que llamó fue mi secretaria, para que la presencia auricular de una intermediaria, tuviera el efecto de impactar la conversación posterior y el efecto en los efectos que la transacción haría en mi bolsillo. O sea que tú eres un general generalizado, Papito Papitín: cadeneta de elogios que Benny deposita a los pies de la estatua que le ha levantado a su padre. El aludido Papito Papitote discurre por la ribera más llana de su arroyito interior: ¿por qué acepté regalarle a Benny un Ferrari? Para la buena pregunta la buena respuesta: para negarme la satisfacción de propinarle un soplamocos dialéctico a base del ideograma antagónico sudor y lágrimas, dicha y satisfacción.

O SEA QUE me quiero dar el tremendo arrebato de ser el primer tineger del país que quema la gasolina en un Ferrari. O sea que un Ferrari es una aeronave bien fabu que, que, que, yo sé lo que quiero decir pero no sé cómo empatarlo, que, que, que. Transcripción del autor del enjaretado mental del pobre Benny: muera el objetivismo de Robbe Grillet y la Sarraute: un Ferrari es una aeronave fabulosa que la fabricadora italiana permite usar en las carreteras para que no se diga que evade las superficies: italianos que son para sus cosas, calabreses y sicilianos que son para sus cosas. O sea que es un genuino descubrimiento el que descubro de que el Ferrari es de Italia, en Italia vive el Papa y el Papa vive en el Vaticano y el Vaticano tiene inmunidad diplomática. O sea que ¿se dice inmunidad o se dice impunidad?, y el curso de Política Internacional que tomé el semestre pasado en la Universidad de Puerto Rico es leche frita y el curso de Humanidades que tomé el semestre pasado en la Universidad de Puerto Rico es leche frita y el curso de mi Ferrari no puede importunarse con un frenazo aquí, otro allá.

TUBERÍA ROTA, SEMÁFORO roto, semáforo intermitente, vigilante electrónico, velocidad comprobada por sistema Vascar, cuesta, termina carretera dividida, reduzca la velocidad, zona escolar, resbala mojado, curva, lomo, detour, hombres trabajando, cruce de peatones, fin del pavimento, carretera en construcción, 25 MPH, confluencia, velocidad máxima cuarenta millas, no entre, no vire a la izquierda, no vire a la derecha, no vire en U, aprendiz al volante, lamentamos los inconvenientes que la Autoridad de Carreteras le ocasiona.

O SEA PAPI, que la pista de Añasco donde está es en Añasco, que la pista de Añasco donde está no es en San Juan. O sea Papi, éntrale a una carretera del cará. O sea Papi, endereza las carreteras de este país torcido. O sea Papi, que ese proyecto de ley salga de tu azotea pensante, de tu cráneo engrasado. O sea Papi, que si tú haces una pista bien hecha donde la juventud pueda envenenar sus paletas con un millaje tipo Marysol Malaret: puertorriqueña Miss Universo y gloria nacional por decreto. O sea Papi, que la juventud te estaremos agradada. O sea Papi que lo que pasa es que la juventud tenemos el corazón apolillado. O sea que menos mal que uno oye la guaracha del negro caripelao ése y como que se pone en algo y el coraje se le enfría. Se enfría hasta que llegue a mi Ferrari aquel Cristoteama que llega a.

Y SEÑORAS Y señores, amigas y amigos, el ritmo que el Macho Camacho ha puesto, impuesto, traspuesto y pospuesto a su olímpica guaracha es verdaderamente fenomenal: pase gratuito al saludable vacilón: vaci de vacilar y lón del chino que administra el sabor en Villa Cañona, vacilón con mayúscula grande y cervecita fría.

¿O APRENDIÓ QUE la vida es una cosa fenomenal de la mismísima guaracha del Macho Camacho?, guaracha de arrasadora consigna, guaracha incitadora a permanente fiesteo, evangélica oda al contento y al contentamiento: con la Biblia hemos topado. Cosas hay que no llegan a saberse, el misterio del mundo es un mundo de misterio: cita citable. Lo que bien se sabe es que a ella todo plin, bien se sabe por boca de ella misma, óiganla: a mí todo plin. Oigan esto otro: a mí todo me resbala. Oído a esto, oído presto: a mí todo me las menea: y, en seguida, arquea los hombros, tuerce la boca, avienta la nariz, apaga los ojos: clisés seriados del gentuzo a mí *me importa todo un mojón de puta:* padrenuestro suyo. No la miren ahora que ahora mira.

DESCANSEN, PERMITIDO EL cigarrillo, el aliento a tutti frutti que comercia el chiclet Adams permitido, una cervecita, un cafetito, el cansado estire las piernas, el remolón marque la página y siga

leyendo otro día y el que quiera más novedad véala
y escúchela ahora:

CUANDO QUIERO GOZAR yo gozo y a veces
gozo sin querer, pss: el vacilón va a acabar con ella.
O si no acaba le tulle pecho y alma: que si las Fiestas Patronales de Carolina, que si en las Fiestas Patronales de Carolina bailé con un pargo de Barra-
zas, que si un pleplé en La Muda, que si unos pasteles en la lechonera *Aquí me Quedo,* que si comer-
nos unas morcillas en la lechonera *Aquí estamos
otra vez,* que si un fricasé de ternera en la fonda *El
Chorrito,* que si un ventetú party en la playa de Mar
Chiquita, que si un Adam and Eve Party en casa de
un jodedor de Ocean Park, que si nos pasamos cuatro cajas de cerveza, que si bajamos tres litros de
Don Q, que si me pinto el pelo, que si me despinto el
pelo, que si me pinto el pelo otra vez, que si los rolos, que si la peluca, que si me voy a hacer papeli-
llos, que si el fall, que si las pestañas, que si: se acaba cualquiera.

ALGO, IMPRECISO ALGO y finalmente preci-
so sazona su habituada fealdad y la convierte en bo-
nitura que poco a poco arrebata como arrebata un
estribillo de guarachón, bien soplado, bien puntea-
do, bien timbado. ¿Un puto vivir en promesas, ga-
rantizan los ojos una sarta de ardores, la boca que
apalabra un cuchicheo barítono de complacencia
agresiva, la lengua que anticipa las eses de la cule-

bra, los altos de los pechos que juramentan una muerte muy dulce en los pezones y otras promesas más que se prometen en el sudor compuesto y armonioso y la facilidad del vello? De muslos anda bien, bien también las caderas de pespunte dinga o mandinga: raja de Abuelo cangrejero vendedor de cocos de agua por los rumbos almendrados de Medianía Alta; Abuelo Monche deificado en las sagas familiares ansiosas de explicar, épica la vía narrativa, las ansias y ansiedades destadas en el alma blanca y el cuerpo blanco de Abuela Moncha por el alma negra y el cuerpo negro de Abuelo Monche: negro puestú, negro pechú, negro de comer en mesa, negro de usted y tenga; Mother decía que Abuela Moncha decía que Abuelo Monche decía: la carne blanca es la perdición del negro y la risa se oía en Medianía Baja y la risa se me enredaba en el cuerpo como bejuco y enredada como bejuco me hacía los muchachos de dos en dos: la risa de Abuela Moncha, herida y pavorecida por el asma. Vuelta y vuelta, las cinco y no viene y un cigarrillo Winston tastes good like a cigarette should, humo en los ojos, carraspera, resoplido, asusta a la tos con un carajo: soez es.

LLEVA ANILLO DE casada, la mano anillada sostiene un cubalibre, un cubalibre con palo doble; la otra mano, sortija de golosa fantasía, taja un muslo; el pulgar, de habitual intruso, se hace oscuro y selvático. Descríbase el conducto en el que campea por sus respetos el pulgar de habitual intruso: membranoso, fibroso y en las hembras de los mamíferos se extiende desde la vulva hasta la matriz: vociferante y sentencioso el conducto membranoso y fibroso de ella, práctico, cabe bien en cualquier boca, tolera una expansión considerable. Y colocado en el medio para mi santo remedio, como refranea: zafia, diplomada en grosería, practicante y adicta a la misma. Como todas las tardes de lunes, miércoles y viernes, corteja vespertina, ella espera desnuda. Porque El Viejo gusta de encontrarla en serenísima pelota. El Viejo no lo dice, fino y refinado como es, caballero y caballeroso como es: ella se burla, la lengua guarachándole por el interior del cachete. El Viejo dice. Pero dice sin dejar huellas, embobinado su talento zorro en zorrerías aprendidas en el zorral gubernativo: digo que imperiosa necesidad de encontrarte en saturado imperio de redondeces, digo que gusto límpido de encontrarte en límpido génesis, digo que tendido puente tu vientre entre la hispánica antillanía y la adánica costilla: rebuscado es poco, postizo es poco. Ella piensa: paquetes, tramoyas, fecas: encontrarme en pelota y punto. Espera desnuda, ya se dijo. Espera fumando, ya se dijo. O fumando espera al hombre que ella quiere. Cupleterías de Sarita Montiel, mantonada y clavelada tras los cristales de alegres ventanales. Si es muda revienta: quererlo nonines.

BEBERLE EL JUGO del bolsillo es lo que yo quiero. Pelarlo como a un pollo es lo que yo quiero. Hipnotizarle la cartera es lo que yo quiero. Exprimirlo para que suelte cuanto bille tenga encima o debajo es lo que yo quiero. Chuparle hasta la última perra es lo que yo quiero. O la penúltima. En cada ocasión que hace referencia al nominativo del pronombre personal de primera persona en género masculino o femenino y número singular se castiga el tetaje corpulento con palmadas fieras. Eso, eso: hacer ganancia de su enchulamiento: los pesos, los pesos, los pesos: brasas lucientes por los ojos: los pesos, los pesos, los pesos: maléfica y escalofriante: los pesos, los pesos, los pesos: comadre de la bruja Ágata: directamente de los cuentos para calmar a Memo, el vecino de la Pequeña Lulú. La guaracha del Macho Camacho barniza y olora el apartamiento: por las esquinas, por los recovecos, por el trípode con japonerías, por el cuadro con cisne en lago idílico, por el cuadro de *La última cena:* A Judas, Judas siempre mete la pata, se le escapa un meneíto, Pedro lo increpa: compórtate. Altamente procedente es la vacunación contra la guaracha del Macho Camacho en todo el territorio nacional; posible parte de prensa de un posible Secretario Nacional del Relajo: factible en el aquí: baile, botella, baraja.

LAS COLILLAS, TRES, enlazan una espiga de humo que remata en asterisco desigual: ensayo torpe de una flor que se descompone: sinuosidades plomas difuminadas por un techo de estucado basto que se alcanza con los dedos: cueva reducidísima que patrocina la celebración de tropezones: síntesis de cocina, baño, sala, dormitorio: sofá que se transforma en cama que se transforma sofá, sofá de abultada estrechez que ventea una ley física dogmática y enajenada: dos cuerpos no se facultan para ocupar el espacio dispuesto para uno. Burlas seriadas de ella el día que vino al apartamiento por primera vez: pero esto es un chavo de casa, pero esto es una onza de casa, pero esto es una ñapa de casa, pero esto es un chin de casa, pero esto es una caseta para los enanos que metían mano con Blanca Nieves.

NO, NO ES un chavo o moneda inferior de casa, no es una onza o peso inferior de casa, no es una ñapa de casa, no es un chin de casa: respuestas seriadas del Viejo. Y festejo en las voces ñapa y chin la idea de brevedad otorgada por el magisterio conmovedor de los de abajo. No es una caseta propia para actividades concupiscentes de pigmeos y liliputienses, no, no, no: occipital más flexible nadie ha tenido. Es sólo, es más bien, es nada más que, es estrictamente, es específicamente, es restrictivamente: un furnished studio en la mejor tradición de la humildad, ni gravoso ni oneroso, que utilizo esporádicamente, que utilizo de vez en cuando, que utilizo de tanto en tanto, que utilizo alternadamente, para efectuar con la diligencia obligada a y esperada de mi persona, puesto, prestigio, posición, la cabal reflexión sobre el país, que fue, es, será, mi preocupación mayor y afán principal hasta el día en que la laguna Estigia me vea conducido por Caronte: ella no entendió ni papa. Un furnished studio que utilizo, en segundo lugar de enumeración, lo que no implicita segundo lugar de importancia, para urgir, para clamar, para reclamar el socorro generoso de las musas y pergeñar las cuartillas lumbradas de amor patrio que leo en el podio senatorial ante la admiración de los cuerpos mayoritarios, los cuerpos minoritarios, la prensa que me glosa y el pueblo todo que se vacía en el vetusto y augusto palacio parlamentario de Puerta de Tierra en disposición de aprecio lisonjero a mi elocuencia: también hay quien dice que tiene más golpes que un baile de bombas, también hay quien dice que es más listo que volverlo a decir. Aptitud esta mía que se remonta a las tiradas apostróficas de Cayo Tulio Casio: la frase enjundiosa, la idea lírica, el estilo bordado de primores, la metáfora saltarina como aguacero mozo, la palabra moldeable, la oración corbachosa, la voz argentada, la zeta pronunciada como la zeta: sitiado por la orondez. Furnished studio en la mejor tradición de la humildad que utilizo, que utilizo, que utili, que utili, que uti, que uti, que u, que u.

EXCÚSAME, CHINA HEREJE pero tu desnudez pletórica de redondeces con su adobo espeso de sudor cándido patrocina en mí el reencuentro caro con las ansias erógenas surgidas a la luz pública hace largos años: ufano declaro que a los diez años descalabré a una sirvientita. Con el acto dicho avergoncé a la autora de mis días quien necesitó asistencia espiritual de un Padre Tomasino. Con el acto dicho honré al autor de mis días quien, cercado por los aromas rasos de un habano traído de La Habana, sentenció: hijo de gato caza ratón y en reconocimiento a tan precoz criatura desvirgadora me invitó a helado y bizcocho en *La Mallorquina*. Excúsame China Hereje, pero la observancia casual de las flores negras que pregonan su inocencia por los jardines ralos de tu bajo vientre me inocula el bacilo glorioso de la satiriasis. Excúsame China Hereje, pero ceso la fase hermenéutica de nuestra relación e inicio la fase retozona. Excúsame China Hereje, pero la cucharada grande de Testivitón ingerida en mañanas sí mañanas no me tiene como me tiene.

¿CÓMO LO TIENE? ¿Cuentero? ¿Baboso? ¿Fequero? ¿Labioso? ¿Comeeme? Traquetea el ascensor, llavean la puerta y me pongo isi, rilás, redi para el toqueteo, el grajeo y otros eos: la Suavona me dicen. Vuelta y vuelta, vuelta al pero hoy tarda, tarda más que de costumbre, tarda más que, reflexión que interrumpe un estallido de comodidad: feliz como una lombriz y fabulosa como una lechoza enfilo el quinto cubalibre, me apipo de platanutre y, qué cosa, hago un cerebro húmedo con mis primos de La Cantera, macharranes peludos como monos, que un pelo les falta para ser monos, macharranes de los que mandan y van, macharranes tofes mis primos: primos conocidos desde la vez que llegaron a la calle del Fuego en los tiempos de Humacao, calle del Fuego donde vivíamos Mother, yo y mi hermano Regino que yo le puse el Coreano porque fue en Corea que se lo llevó quien lo trajo. Y, como una lluvia persistente, el recuerdo de sus manos, todavía manitas, afanadas en endurecer, con equidad democrática, los pipíes de los primos, de dos en dos los tres pipíes.

...Y ES QUE, señores, amigas y amigos, nada hay tan titanesco como un hombre del pueblo que hace valer sus talentos que Dios le dio y que no los compró en la Plaza de Mercado de Río Piedras ni los compró en Bargain Town. El Macho Camacho es un talento innato, de los que no tuvo un chupón para mamarse los washingtones, de los que tuvo que mamarse... la pelambrera bien mamadita.

BUSTOS DE CUERPO entero de. Excuse la interrupción indebida y atolondrada pero, ¿oí bustos de cuerpo entero?, oyó bustos de cuerpo entero; las cosas que hay que oír. Teletipa el pensamiento vicentino: bruto y orgulloso de serlo. Bustos de cuerpo entero de Washington, Lincoln, Jefferson y demás titanes forjadores de la patria puertorriqueña, de manera que nuestros hijos y los hijos de nuestros hijos descubran en la majestuosidad de la piedra aporreada el. Excuse la interrupción indebida y atolondrada pero, ¿oí piedra aporreada?, oyó piedra aporreada: las cosas que hay que oír. Teletipa el pensamiento vicentino: animalo irredento. Descubran en la majestuosidad de la piedra aporreada el reposo de nuestra historia: estampó la firma, la espalda del animalo irredento fue escribanía, dio golpes de encomio en la escribanía del bruto y orgulloso de serlo, los golpes de encomio abrieron las compuertas de la efervescencia del animalo irredento, efervescido y efervescente, dijéranle Alka Seltzer, el bruto y orgulloso de serlo, brincó escaleras arriba del vetusto y augusto palacio parlamentario de

Puerta de Tierra, brincó escaleras arriba después de estrujarle la chaqueta: abrazo. Broche que cierra el collar de molestias: retraso del encuentro ansiado con la corteja de turno: ansiado en el momento en que el animal insomne entre las piernas comenzó a mangonear y a repetir: vámonos. De una reunión del Comité para la Cimentación de una Ciudadanía Responsable: el tema escabroso requiere un período de reflexión moral que quiero que iniciemos esta tarde. Con la corteja de turno: con sus cortejas y querindangas tapadísimas él podría hacer un establo: cuántas potrancas: expansión de los cachetes como el sapo fabulado. Un engreimiento, una jaquetonería, un julepe padrote, un yo sí y qué pasa engalanan la palabra corteja.

LA PALABRA CORTEJA: y ni caras le salen porque las apunta en ésta o aquella nómina de la Secretaría ésta o aquélla: miembro es del poderoso comité legislativo de pesos y centavos. Un mulatón que no come cuento se arranca por sevillanas cuando ve que la computadora perfora una tarjeta que remite a personal especial o personal de emergencia o personal temporero: el último polvete del Senador entra a nómina. La palabra corteja contamina unas fiebres machorras, cuarenta grados de machorrería, que ni el señorío voceado ni el apellido de primera ni la caballerosidad ni la finura ni demás notaciones del pedigrí, importunan: cuarenta grados de machorrería: con mano tentacular, el Senador Vicente Reinosa —Vicente es decente y su carácter envolvente— se saluda el animal insomne entre las piernas, saludo marcial: la mano en la cabeza, saludo, certificación y proclama: güevos prudentísimos, güevos venerables, güevos laudables, güevos poderosos, güevos honorables, güevos de insigne devoción, güevos que amparan y protegen. Corteja o ceremonias de ilícita mampostería donde reitero mi virilidad y el triunfo de ella: contradicción del idioma que una la sea tan él: carcajea y celebra su ingenio como nadie lo celebra: pleonasmo y dato a tomar en cuenta: nadie lo admira tanto como se admira él mismo: por las noches, cuando anda a la caza del sueño, émulo de Proust, se pregunta con un desconcierto que lo desconcierta: ¿por qué seré tan formidable?, ¿qué estofa me ha estofado? La corteja de ahora, ochentava en su álgebra putaica, más parece filipina por el oblicuo inmoderado de sus ojos, barcarolas de una japonería literaria. Pero el trigueño subido, restallante, brilloso es de aquí: aquí crecido sobre los reclutamientos de Bartolomé Las Casas:

BARTOLOMÉ LAS CASAS reclutador de la negrada de Tombuctú y Fernando Po, negrada que culea, que daguea, que abre las patas a la blanquería de Extremadura y Galicia, blanquería que culea, que daguea, que abre las patas a la tainería de Manatuabón y Otoao, tainería de Manatuabón y Otoao que culea, que daguea, que abre las patas a la negrada de Tombuctú y Fernando Po: chingueteo y metemaneo y el que no tiene dinga tiene porquero de Trujillo y tiene naborí: todas las leches la leche: el trigueño subido de aquí.

LAS HEMBRAS DE color me acaloran: el secreto peor guardado del Senado: el Senador Guzmán, par de un par de moteles, entre mofas y farfullas lo acusa de trata de negras: las hembras de color me acaloran: acepta el calor del color con el sentimiento trágico de la vida: es orteguiano pero almuerza con Unamuno. Suerte que ella, digo ella y pronombro mi barragana, mi mantenida, mi querida, mi corteja, en su escasa actividad reflexiva no se cree que me regala, me ofrece, me dona, me presta, me empeña, me vende, un gusto o fiestón que yo, el Senador Vicente Reinosa —Vicente es decente y su verbo es contundente— no pueda conseguirme donde quiera, como quiera, cuando quiera y en función virtuosa de mis talentos genéticos multiplicados: parábola del libro de Mateo: multiplicados por la voluntad del ser y amenes muchos. Suerte que ella, digo ella y: favor de volver a las líneas anteriores, ha aprendido que la calidad no se fabrica con celofanes de muchacho que recién empluma o muchacho que recién da paso a torpemente enfrentados placeres carnales. La calidad se produce, logra, cuaja, tras la repetición incesante de unos actos de materia experimental que culminan en el acto cualitativo, logrado, cuajado. Dicho de otra manera o dicho en lengua rufianesca: que hay que meter mucho y largo para meter bien: qué expansión la de mis adentros, qué fresca y qué frescota es mi morada interior. ¿Tereso de Ávila en el horizonte?

UNA ESPECTACULARIDAD, MUCHA palabreja es ésa, superadora del más difícil todavía que aparece en los carteles de los circos cada nueva temporada: rumores que compiten en desproporción y ganas de joder la paciencia: una espectacularidad: volteando los aires que soplan a las cinco de la tarde con la espectacularidad de los Flying Saucers del Ringling Brothers Circus: que no es que la luz esté dañada ni cosa por el estilo ni que la crisis energética ni que con qué se come eso. Que es que un camión transportador de petróleo se tiró, se fue, se cayó, se viró contra un Volvo nuevecito manejado por una mujer en estado interesante: el feto se le anudó en la boca. Que es que una guagua escolar estropeó unos huelguistas. Que es que unos huelguistas estropearon una guagua escolar. Que es que un asaltante asaltó a un pagador: rumores catalíticos de unas impaciencias que tienen su centro de operación en el estómago: las cinco de la tarde de miércoles, miércoles hoy.

EN EL CRISTAL del parabrisas nada su cara narcisa. Nada o flota o se queda en la superficie del cristal, nunca zambullida, nada o flota cuando mira que te mira hacia atrás, hacia adelante, hacia los lados. Con el gremio de choferes atrapados, agarrados, apresados, comparte intenciones de posible descarga histérica pero se priva de la misma, se priva de las consecuentes formaturas exteriores de la misma por aquello de que es gobierno o lonja del y sus objeciones y disidencias han de orientarse por las vías establecidas para ello. El Senador Vicente Reinosa —Vicente es decente y su honor iridiscente— liga en un instante o periquete a una estudian-

te que estará en la ronda de los quince cuando llegue a su casa y suelte en el lavabo la libra de colorete: transportada por un Mazda; jabón, agua y diez
años que van a dar a la mar, contando con que la
plomería esté en funciones que si no: Jorge Manri-
que, si te vi ya no me acuerdo. La estudiante no se
está tranquila, la estudiante no se queda tranquila,
la estudiante no se deja quedar tranquila, la estudiante no es epiléptica, la estudiante no es autísti-
ca, la estudiante no es sanvitera. Tampoco la posee
un hongo alucinante ni la ha picado una serpiente
amazónica ni la ha marcado la araña Black Widow
que asienta su ponzoña en Ponce, ni la habita el espíritu malgenioso de la Virgen de Medianoche, Virgen Eso Eres Tú. No. La estudiante que estará en la
ronda de los quince cuando llegue a su casa y suelte en el lavabo la libra de colorete, está ganada,
irremisiblemente ganada por el culto a la guaracha
del Macho Camacho. La estudiante masca guaracha
como una vil chicletómana, hasta convertir las quijadas en castañuelas roncas. Pausa para que den
audiencia a las roncas castañuelas de sus quijadas,
pausa, pausa, pausa.

EL SENADOR VICENTE Reinosa —Vicente es
decente y su hacer es eficiente— cree que debe preo-
cuparse por el prójimo, solemnidades adjuntas al
cargo: ¿necesita ayuda? Sólo eso: ¿necesita ayuda?
Imposible decirle: vamos a jugar al gallo y a la gallina: él es fino y refinado, caballero y caballeroso: él
opta por sonreír con una sonrisa acordeónica y
asiente como quien propone. La estudiante se sacu-

de las pupilas licenciosas y senatoriales que, como moscas o mimes o majes, la toquetean por los pechos y la galvanizan: exacto, pechos grandes como panapenes, pechos grandes como panapenes que parodian el burlesco californiano *Mother of eight*. La estudiante se sacude con las manos, sacudida leve la primera, sacudida terremótica la segunda, sacudida histérica la tercera. Grito inquisitivo: oiga, qué me mira, qué le debo, qué tengo que no le doy, si es que le falta su amante, búsquela que no lo soy. Rimada la respuesta y recitada con una tonalidad equívoca y ambigua que escapa a la antena poderosa del Senador Vicente Reinosa —Vicente es decente y su estampa es absorbente—. No la oigo señorita, no la oigo, separados por un muro hecho de bloques de la guaracha del Macho Camacho, no la oigo, no la oigo, no la: evóquese la escena final de *La dolce vita* en la que Mastroianni está sordo al llamado de la púber trenzuda, separados por un cuerpo de agua, en medio de una aurora confesora de desamparos, no la oigo, no la oigo, no la. Aunque no es cuestión de oír, no es cuestión de oírla, es cuestión de ver, verla apagarle los ojos, será el generation gap, el parricidio que todos consumamos, la moda unisex, la rabia de las generaciones emergentes, esta juventud de ahora.

EL SENADOR VICENTE Reinosa —Vicente es decente y nació inteligente— para espantar el pachó propiciado por el desprecio de la estudiante que estará en la ronda de los quince cuando llegue a su casa y suelte en el lavabo la libra de colorete, pachó que se le enreda en el alma como guirnalda de papel crepé, pita. Pita con timideces luengas un sonito, un amago de compás de la guaracha que se ha quedado con el país, bebido el país, chupado el país. Truenos, relámpagos, centellas, eurekas, cáspitas, recórcholis, canastos, coñus, carajus, puñetum: cuando se percata de su caída moral estrepitosa. Mira. Remira. Requetemira. Por Dios y los que con él moran: las gracias y regracias sean dadas: nadie se ha percatado de su caída. La estudiante no interrumpe su actividad masticatoria, tampoco la disimula. La estudiante con un gesto redondo, con un gesto redondo porque sacude la mata de pelo, reverencia la guaracha del Macho Camacho, como reverencian la guaracha del Macho Camacho los cientos de choferes que. Avergonzado apesadumbrado, abrumado porque ha tarareado la guaracha del Macho Camacho, himno orillero, repulsivo, populachero, alto o bajito, poquito o muchito, la guaracha: tiara de la vulgaridad, peineta de la broza estandarte de los tuza, se ha posado en sus labios: qué importa que con alientos de fugacidad, el pecado es pecado aunque el tiempo utilizado sea. Pecador, cursillista, petitorio de misas dominicales, levanta los ojos pecadores para hallar un lugar abierto, un prado de romero, donde posarlos: verdura que amaine la locura. En la búsqueda de una redención por el paisaje descubre un letrero inmenso que dice, bíblico, letánico, apocalíptico:

Y SEÑORAS Y señores, amigas y amigos, ese hombre se sienta un día y escribe una guaracha que es la madre de las guarachas, sabrosona, dulzona, mamasona. Y esa guaracha por ser tan de verdad se va al cielo de la fama, a los primeros pupitres de la popularidad, al repertorio de cuanto combo está en el guiso, a los cuadrantes de cuanto combo está en la salsa y el combo que no está en la salsa no está en ná.

QUE, ÓYEME BIEN, Ciela, no vas a quitarte ni para hacer el fresco acto copulativo. ¿Qué es eso Mamá?, cruzacalle espantado de ojo a ojo. Eso es la carnal penetración de su vergüenza en la tuya. Un horror dráculo tumbó a Ciela; cuatro brazos, un abrazo y dos llantos sonados y temblados combinaron una figura solitaria en el que reinaba, campante, el terror. Ni Rizos de Oro perseguida por los tres osos gastó tanto sufrimiento, ni King Kong enamorado, ni el Hombre Lobo auspiciado por la conciencia crítica de su felonía, nada padecieron, opuesta la totalidad de su padecimiento a una fracción milésima del padecimiento de Ciela. Ciela, Graciela, la cabeza almacenada en los pulmones de la viuda de su madre, figuraba su cuerpo atravesado por una malvada faca churrasqueira que a él le saldría del lugar innombrado. El pelo, la manita de colorete, la cadena con crucifijo salvador, el postín suizo, nevado y puro se le cayeron. Moco y llanto y espanto y admiración escupía: larva de emociones y homenaje anónimo al Etna. Y por la boca un humor gelatinoso, gelatinoso como caldo de sopa china, sopa china de huevo. Y por la nariz. La viuda de su madre: rejoneadora sin caballo: que tú no te refinaste en Suiza nevada y pura para volver a Puerto Rico a hacer justo eso. Con repugnancia moral pronunció el neutro y lo amarró con soguillas de un asco sagrado. La casa de la calle Luchetti, casa de dos aguas y palo de mangó, vendida. La guinda de Barranquitas con tala de guineos congos, vendida. Las seis vacas de ubre radiante, vendidas. El lienzo *Bords de Sêine* de Frasquito Oller, vendido. Vendida hasta la vela de mi agonía para que en Suiza nevada y pura tú fueras una educanda solvente y respetada a pesar de tu procedencia de una isla que Isabel y Fernando, por Castilla y por León nuevo mundo halló Colón, no debieron autorizar a habitar y sí consentir como principado de mosquitos y descanso para el situado: tan abrazado el abrazo que les dolió y se soltaron: huérfana de padre apenas sí nacida mas jamás salida del carril exclusivo que acaba en las rodillas de Papá Dios. Se sobaron con un alcoholado de sonrisas querubinas y entonaron un himno miniaturo. Una fragancia mística, un tufillo a quedéme y olvidéme, un aluvión de ladillas de ángeles lo borronó todo.

CIELA MIA, YA sé que sí lo eres, Ciela en cielo por siempre transformada, merecedora de preñez por espíritu santo o silfo generoso: prolegómenos viudo maternales al apóstrofe que sigue: con el temple de criatura a la que le trasiega la decencia por las venas, dejas a la ventura del aire el lugar del pecado. Entonces, cierras los ojos y con voz inaudible para el hombre pero potente y llamativa para los serafines de la guardia, comienzas a rezar el Dios Te Salve Reina y Madre. La bestia que dormita en cada hombre despertará en tu hombre ante la ofrenda del pecado consternado. Gritos placenteros, jijeos de deleite enfermizo saldrán de su garganta, relinchos de lasciva contentura y uno que otro pedo hediondo y catingoso. Sorda tú para ellos, Ciela mía; muerta como un cadáver para ellos, Ciela mía; viva sólo para el Dios Te Salve Reina y Madre, Madre de Misericordia, Ciela mía.

LA PARADA EN la farmacia de Quebradillas para comprar un relevo de agua de azahar. En Bayamón consumió el primer candungo. De Bayamón a Manatí no dijo ni pío. En Manatí tomó dos Cortales y con una soltura artificial anunció, cantarina y campanera como locutora de la Colgate: *Cortal corta el dolor.* De Manatí a Arecibo no dijo ni ojos verdes tengo. Una vez en Arecibo volvió a abrir la boca para proclamar con sapiencia: *Arecibo es la Villa del Capitán Correa* y ante el asentimiento gentil del esposo, repitió, alegre, dicharachera, jovial, locuaz: *Cortal corta el dolor.* Recuerdo del lento mar de Guajataca transformado en sembradío de azules por la cursilería galopante del esposo. Recuerdo de la cabaña de adobe en la que aposentaron, transformada en casa de muñecas proscrita para Ibsen por la cursilería galopante del esposo. Recuerdo de la bajada a la playa de Guajataca transformada en paseata de greda y flamboyán por la cursilería galopante del esposo. Recuerdo de la honestidad solemne e inmaculada de la camisola de corte monacal y grave encaje que no vas a quitarte ni para hacer el fresco acto copulativo. Recuerdo punzante de la gritería que armó cuando el esposo se desnudó y ella vio en la oscuridad el brillo como de una malvada faca churrasqueira que salía del lugar innombrado. Gritería: vino el hotelero, vino la hotelera. Gritería: vino la Policía de las comandancias de Quebradillas, Isabela y Aguadilla. La hotelera dijo: a ésa no la montan esta noche y bostezó. Recuerdo de que un mes después de la boda, instalados ya en la casa grande del Paseo de Don Juan, hicieron el fresco acto copulativo.

GRACIELA SE ARROPA con una manta de recuerdos cuando la recepcionista aduce: la excesividad del frío la causifica la cheverosidad de nuestro acondicionante de aires. ¿No le dijo el siquiatra cuando hubo de contratarla que escogiera, sopesara y mesurara el vocabulario porque la clientela de los siquiatras era high life, jaitona, mainly tiquis miquis y pagadora fiel de cuarenta dólares por hora de caucho y oreja? La clientela de los siquiatras: fabulosa fauna de fabladores: la frustración por el frustrado fruto, la depresión, mi capacidad para conocer mi incapacidad, mis sueños con caídas desde espacios altos, pesadilla con un toro sebú que me acosa, el país opera en mi sique un efecto inoperante, el trauma de mi inconsciente porque el cociente del país produce un no sé qué que me causa un qué sé yo, la estrechez del medio, el surmenage de los domingos y. Vea usted que:

EL DOCTOR SEVERO Severino recostado de un ventanal mordido por olas atlánticas ataca el aria expositiva de su oficio. El Doctor Severo Severino es fornido, pinta de italiano maduro, tipo Raf Vallone, tipo Rossano Brazzi: lindo que es, bronceada la tez a perpetuidad por soles que bebe en su casa de playa entre fósforos del mundo entero que colecciona y retratos de artistas del cine mudo que colecciona: roaring twenties con Clara Bow, con Theda Bara, con Gloria Swanson, con Pola Negri, con Ramón Novarro, con Vilma Banky, con Anna May Wong, con Charlot y Buster Keaton: manías pequeñajas que compensan de alguna deficiencia o desventajilla que, el aria:

EL PELIGRO CONSISTE en que el siquiatra le corte al paciente los güevines del corazón. Pero, además de y a más de, de un siquiatra se esperan tantas composturas y milagros, tantas recuperaciones, tantos remiendos hilvanados con el descargo de la culpa. Porque se saca la mierda de la culpa y el alivio se mete dentro. El milagro consiste en que el siquiatra rasgue la venda que tapa la jodida culpa, roture el himen de la culpa. El salto de brujo de la tribu a brujo de la metrópoli ha sido llevadero: de la mascadura de coca a los cinco centavos de Freud.

CON DISIMULO BIEN disimulado, la recepcionista mira a Graciela encogerse: yo no la oiría hablar horas y horas, yo le pondría una escoba en una mano, jabón azul en la otra y un balde de ropa sucia entre las dos patas: nervios ni nervios, no me joda, loca lo que se dice loca no lo parece: loca como una cabra no lo parece: neurasténica lo que se dice neurasténica no lo parece, una uña no se ha comido, bien largas y cuidadas que las tiene: flaca sí lo parece. Flaca sí lo es: una delgadez regimentada por modistos obsesos que persiguen lo obeso, el pelo fijado con laca naturalidad, montada sobre unas piernas blancusinas, los brazos envalentonados con pulseras, aros y esclavas. Claro que el siquiatra dice que los ricos y los menos ricos pero que quieren cagar más arriba del joyete son y que matizados de realidades varias y que escalonados por su interior. Y como yo no sé con qué se come eso me quedo fría como una barra de hielo. Para mí que las señoras ricas y las que no siendo ricas quieren dárselas de ricas tienen un fricasé de culo en la cabeza.

GRACIELA CONTEMPLA LA radiografía inmensa que cubre la pared. La reducción a la pesadilla ósea es repugnante por lo que tiene de vaticinio acertado: la asombra su inédita profundidad: tres veces ha leído *Love Story,* está suscrita a *Vanidades, Íntima, Buen Hogar:* hace tiempo que quiere meterle el diente a algo de Enrique Laguerre o algo de René Marqués: también los del patio son hijos de Dios: objetiva, democrática, bien maquillada: si los del patio no fueran pesimistas y dramosos: dale con el arrabal, dale con la independencia de Puerto Rico, dale con los personajes que sudan: todo lo que se escribe debe ser fino y elevado, la literatura debe ser fiṇa y elevada. La recepcionista le extiende el último *Time*. Graciela ojea el último *Time*. Graciela salta las páginas de noticias internacionales del último *Time*. Graciela salta las páginas de crítica literaria del último *Time*. Graciela vuelve con horror y asco unas instantáneas del Vietnam napalmizado reproducidas en el último *Time* porque ella no tolera ni un minuto de angustia: nada doloroso, nada pesaroso, nada miserable, nada triste: yo no nací para eso. Graciela se detiene fas-ci-na-da, he-chi-za-da, em-bru-ja-da, a mirar la fascinante, hechizante, embrujante fotografía de la casa de Liz y Richard en Puerto Vallarta: típica y tópica: caserón nostálgico de los tiempos de Don Porfirio, ramas de buganvilia y nopales a cuya sombra esquelética hacen tortillas unas chinas poblanas, tortillas cocidas en comala roja como la tierra de que está hecha, recostados del balcón petroglifos amenazantes de Tlaloc y Quetzalcoatl, en una esquina un organillo con rollo musical de *La Adelita*. Cien suspiros después, mareada por los devaneos de la musaraña, Graciela pasa otra página y: oh, oh, oh, oh: el terepetepe.

Y ESA LETRA, señoras y señores, amigas y amigos, esa letra de religiosa inspiración, esa letra que habla verdades, esa letra que habla realidades, esa letra que habla las cosas como son y no como tú quieras. Porque, vamos a ver, señoras y señores, amigas y amigos, ¿quién me discute discutidamente que la vida no es una cosa fenomenal?

QUÉ COSA —DIJO La Madre, la cabeza que no, que no. Lo que es gustarle a uno el vacilón —dijo La Madre, la cabeza que sí, que sí. Cuando esa guaracha dice que la vida es una cosa fenomenal es que más me come el cerebro —dijo La Madre, trabazón de pies con vuelta quebrada y remeneo de cintura y unas gesticulaciones en las que se hablaba de alegrías y francachelas. El día que Iris Chacón cante y baile la guaracha del Macho Camacho será el día del despelote —dijo La Madre, mordido el labio inferior por los dientes de arriba y los dientes de abajo, la cabeza que no, que no, la cabeza que sí, que sí. Dios nos ampare ese día —dijo Doña Chon, limpiaba una muñeca trajeada de sevillana que hacía dos años ocupaba la misma butaca, muñeca feísima, volantes y lunares, muñeca regia en la ocupación de la butaca. Ese día Iris Chacón tendrá que contratar un convoy de guardias de seguridad o apalabrar seis judokas porque ese día se la comen cruda —dijo La Madre. Cruda —repitió La Madre y estalló la palabra como un triquitraque. Doña Chon juramentó, el signo de la cruz viajó a la sien, el ombligo, el hombro derecho, el hombro izquierdo: El Padre Celestial tiene que estar hasta las teleras de tanta indecencia. Doña Chon sacudía con un pañito de bayeta el mendrugo de pan clavado a los pies santísimos de San Expedito, mendrugo vecino del vaso de agua del que bebía San Expedito. La carne de Iris Chacón es carne natural —dijo La Madre, lindo vaivén de manos y cachas de culo reguereteadas por el piso y cachos y cachitos de la guaracha del Macho Camacho gateando por los tabiques. Porque Iris Chacón sí que no usa silicone como otras artistas de variedades y vodeviles que usan silicone —dijo La Madre, molinillo huracanado por las costillas, vorágine por los dedos. Doña Chon, la nariz aventada por un soplo de desconfianza, corona de humos inquisitoriales, rígida como curita español, el vaso de agua de San Expedito exprimido como un chupón de china, enjorquetada en una silla que enjorquetó en la butaca que hacía dos años ocupaba la muñeca feísima trajeada de sevillana: ¿qué es silicone? La Madre, los labios fruncidos en forma de corazoncito, voce de diva sin cultivo, voce de María Félix en *El peñón de las ánimas,* manoseo de los muslos; modal de Ninón Sevilla, modal de Meche Barba, modal de María Antonieta Pons, modal de las Dolly Sisters, modal de Amalia Aguilar, modal de Tongolele, modal de Isabel Sarli, modal de Libertad Leblanc, modal de Evelyn Souffront, modal de Iris Chacón: silicone es una medicina que se prepara para que las mujeres nos crezcamos el busto y el caderamen. Doña Chon convocó todo el pavor del mundo en una pavorosa exclamación: —¡qué barbaridad! Horrorizada, descubridora del continente de las fresquerías desconocidas, Cristóbala Colona, olvidó poner agua al sediento San Expedito, se desenjorquetó de la silla que enjorquetó en la butaca que, hacía dos años, ocupaba la muñeca feísima trajeada de sevillana, y se fue hasta los fogones a voltear el caldero de cuajo y de morcilla que se mandarían de una sentada los taxistas en huelga, invocante de puniciones y escarmientos y dichos y redichos del mundo se está acabando: entre gloriados sonsones de la guaracha del Macho Camacho: huéspeda permanente de su casa.

COMO UN REPTIL manchado por escamas y llagosidad abrupta; como un reptil desempatando el rabo estriado: lentitudes, torpezas: como un reptil desperezándose, poniéndose de pie y despatarrado, vómito y baba bajando, vómito y baba escurriendo, obsequio los ojos al mosquero, mosquero que le borda manto y halo, como un Bobón Niño de las Moscas: despierta la idiotez, despierta y amenizada con cubos de más baba y más legaña: en medio de un cayo en que verdece el desamparo: despatarrando y resbalando y cayendo y cayendo y cayendo: caído y vomitando el rabo de otro lagarto.

ESTA TARDE ME toca —dijo La Madre, no pudo atrapar un eructo, limpiada la boca con la manga de la blusa, contempladas las flores lilas del mangle, las flores del sargazo. Yo que tú me tomaba un buen purgante de aceite de castor —dijo Doña Chon, escurría una dita de guineos verdes. Yo voy a tomarme un purgante de unos purgantes que vienen en forma de bombón —dijo La Madre, removió un lagarto ahogado en la baba del Nene, limpió el pocero de baba en la nariz del Nene. El Nene cabeceaba. Tanta monería quién ha visto —dijo Doña Chon, echaba el cuajo en palangana soberbia y las morcillas en lata de manteca de cerdo. Purgante en bombones, inyecciones para engordar el trasero, baños de sol —dijo Doña Chon, sacaba de un macuto el picador y lo lavaba: muestras de contrariedad y de sorpresa, tono expresivo de yo es que me quedo muda. Baños de sol —dijo Doña Chon, la cabeza que no, que no. Fiebre de la caliente le va a dar: médica y vatisa. Tabardillo del malo le va a dar: sabia y orácula. En el lindo rotito del lindo culito le nacerá un nacidito: reiterativa y Mita de la Cantera, María Lionza de Venezuela, honguera María Sabina azteca. El sol le quema la monguera —dijo La Madre, ahuyentaba el mosquero con un pañito de bayeta. El sol le espanta la bobación —dijo La Madre. La Madre se rascaba la pelambrera tenaz del sobaco. El sol sirve para todo como la cebolla que hasta para la polla —dijo La Madre. Los ojos de La Madre, pendientes uno del otro como los malos acróbatas, saltan e inspeccionan y tropiezan y corretean por la gran cabeza del Nene.

EN EL BAÑO de sol está ahora El Nene, rodeado de la muchitanga que encontró en su imbecilidad el juguete perfecto: juguete que llora, que gime, que se encoge, juguete perdido y encontrado en el parquecito de la calle Juan Pablo Duarte la tarde apurada de un abril doméstico: un niño, un niño cualquiera, aguerrido Lanzarote en flamante velocípedo, le preguntó ¿qué te pasa? cuando lo vio mirar, lo veía mirar, a través de una soga de baba que le nacía en la puntita de la lengua, una procesión india de hormigas. La pregunta no llegó a sitio alguno. La pregunta flotó un segundo y luego se integró a la zona de los olvidos. La pregunta ¿qué te pasa? El niño cualquiera, el aguerrido Lanzarote en flamante velocípedo, volvió a preguntar con impaciencia respaldada por la ingestión de complejos vitamínicos y emulsión de Scott. También volvió a preguntar ¿qué te pasa? un pecoso, imagen y semejanza de un diablillo tutelar, que enriquecía su imagen volátil con una chiringa excitada. También le preguntó ¿qué te pasa? una niña de dientes cómeme. Pudo ser la baba o los ojos resortados o el cuerpo atrincherado en el cuerpo lo que produjo el descubrimiento. Un enjambre acosado no se atropella como las voces descreídas que gritaron, dichosas: ES BOBO, las letras mayúsculas chisporroteando un alegrón que era nave de muchos alegrones. Se batieron palmas, se pellizcó el ambos a dos, se hizo ronda sonora de la guaracha del Macho Camacho *La vida es una cosa fenomenal,* la mayoría se ofreció para jeringarlo, la niña de dientes cómeme tribunó que en su casa había una jaula vacía donde ella podía guardarlo pero corrigió: donde todos podemos guardarlo: altruista, abnegada, yo le pedí a Santa Claus un bobo pero no me lo trajo: razonadora, saludable, desayunada con corn flakes, jugo de pera Libby, chocolatina y huevos fritos con jamón.

TRAJERON VARITAS Y hojas, lo hurgaron, lo mordieron, lo orinaron, pisotones, muecas, risería, risería, risería. Y multisónico acompañamiento de la guaracha del Macho Camacho reducida ahora a corro perverso: una sinfonía apoteósica de crueldad. El Nene se estuvo quieto para añejar un ronquido infinito y protestante que se arrancó de la garganta envuelta en llanto. Doña Chon, llena eres de morisquetas y bendita la verruga de tu vientre, alcantarilla del cáncer, y bendita tú eres entre todas las vecinas del Caño de Martín Peña, vino a buscarlo, vino a rescatarlo, buscarlo y rescatarlo tardísimo porque el abogado de Tutú le vino con un blablá y unas ajoraciones y un abóneme más a menudo Doña Chon que yo tengo seis barrigas que mantener.

NO ME LO trago y no me lo trago y si me lo almibaran con melao no me lo trago. Que no me lo trago que los baños de sol chijí chijá —dijo Doña Chon. Doña Chon buscaba con la mano en la repisa más alta de la alacena: frasquito en el que guardaba los imperdibles. Pues yo le noto el cambio —dijo La Madre, los rolos en la ternura del regazo. Más como durito —dijo La Madre. La Madre contaba los rolos en la ternura del regazo. Menos como mongo —dijo La Madre, sacándole a los rolos un pelito o dos de la enrolada anterior, soplándolos. Parte el corazón verlo tirado en el pasto —dijo Doña Chon. Doña Chon encontraba el frasquito en el que guardaba los imperdibles. Como un buey tirado en el pasto —dijo Doña Chon. Doña Chon colocaba el frasquito de imperdibles en la mesa de comedor, mantelito de hule. Que pasa un perro y lo olisquea —dijo Doña Chon. Doña Chon buscaba lo que no encontraba en la repisa más alta de la alacena, repisa más alta en donde convivían, en armonía fácil, tres gatos de embuste decorados con manzanitas coloradas y un gato de verdad: bribón desconsiderado, temeroso de los ratones, gato Mimoso mimado como si fuera bibelot de Rosario Ferré: qué gato desayuna con butifarrón de bacalao, qué gato, gato sato, gato arrastrado. Pues si pasa un perro y lo olisquea pues El Nene aprende a conocer el olisqueo del perro —dijo La Madre. La Madre separaba las greñas, repartía las greñas en partes iguales para comenzar a hacerse los rolos. En los parques hay niños de su edad que juegan con El Nene —dijo La Madre. La Madre mojaba el mango de la peinilla. Jugar ni jugar —dijo Doña Chon. Doña Chon guardaba la chavería reticente en los gatos de embuste. A menos que jugar sea recibir una gaznatada por aquí, una pescozada por allá —dijo Doña Chon, Doña Chon cogía el peso de los gatos de embuste para calcular la suma de la chavería reticente. El Nene también dará su galleta —dijo La Madre. La Madre se hacía el primer rolo.

EL NENE TAMBIEN dará su galleta —argumentó El Viejo del que La Madre era Corteja. Galleta defensiva que es la galleta ideal —argumentó El Viejo del que La Madre era Corteja. Así está entre la muchachería juguetera de su edad —argumentó El Viejo del que La Madre era Corteja. Que no se lo va a comer —argumentó El Viejo del que La Madre era Corteja. Así anima en su inteligencia escasa el

sentido de pertenencia y grupo correspondiente
—argumentó El Viejo del que La Madre era Corteja. Por otro lado es bueno y saludable que tome, a la
mayor brevedad posible, baños de sol —argumentó
el Viejo del que La Madre era Corteja. ¿Baños de
sol? —dijo La Madre. La primera vez que me lo tiro
—dijo La Madre. Fiebre de la caliente le va a dar
—dijo La Madre. Tabardillo del malo le va a dar
—dijo La Madre. En el lindo rotito del lindo culito le
nacerá un nacidito —dijo La Madre. Bah —argumentó El Viejo del que La Madre era Corteja. Ttt
—argumentó El Viejo del que La Madre era Corteja. Leyendas al margen de toda consideración científica —argumentó El Viejo del que La Madre era
Corteja. Primitivismo insensato de quien opone superstición a razón —argumentó El Viejo del que La
Madre era Corteja. La exposición a los rayos solares
resulta en beneficio neto a la piel expuesta —argumentó El Viejo del que La Madre era Corteja. Los
baños de sol son formas terapéuticas antiquísimas
—argumentó El Viejo del que La Madre era Corteja. En la Francia anterior a la República se utilizó
el recurso del baño de sol como tratamiento para
alienados benignos —argumentó El Viejo del que La
Madre era Corteja. Alienado benigno es la categoría
síquica a la cual incorpórase El Nene —argumentó
El Viejo del que La Madre era Corteja.

PORQUE SEÑORAS Y señores, amigas y amigos, lo que el Macho Camacho ha puesto en su guaracha es su alma suya, su corazón suyo que es también el corazón grande de un hombre que ha pasado hambre. Sí, señoras y señores, amigas y amigos, hambre como la pasa el hombre que es pobre sudoroso y tiene la mancha del color sufrido. Que mulato es lo que no es, que negro es lo que es, negro de apaga y vámonos.

O SEA PAPI, que si tú haces una pista bien hecha donde la juventud pueda envenenar sus paletas con un millaje tipo Marysol Malaret: puertorriqueña Miss Universo y hasta gloria nacional por decreto de la Barbizon School of Modelling y una Telefónica ladrona y golpista y por la encendida calle antillana, estafa tras estafa, entre dos filas de negras caras. O sea Papi que la juventud te estaremos agradada. O sea Papi que lo que pasa es que la juventud tenemos el corazón apolillado porque los viejos se arman a no salirse de la vida y la juventud tenemos que empujarlos. O sea que menos mal que uno oye la guaracha del negro caripelao ése y como que se pone en algo y el coraje se le enfría de estar en este tapón. Enfriado hasta que llegue hasta mi Ferrari aquel Cristoteama de la sotana color quenepa, afeitada la cabeza. Cristoteama o la madre de los tomates que pide en nombre de Jehová, enfriado hasta que llegue hasta mi Ferrari aquel narcómano rehabilitado que pide en nombre de los Hogares Crea: ayúdenos a construir un Hogar Crea en cada pueblo del país: medio país en la fumadera y la inyecta dura: o sea que a mí no me pidan que yo soy de los que no doy.

LA GUARACHA DEL negro caripelao ése y como que uno se pone en algo. O sea que yo no soy musiquero. O sea que yo lo que soy es carrero. O sea que eso de que la vida es una cosa fenomenal es como una ciencia que tiene sus pro y sus contras pero yo no soy un elemento de hacerme un pantano en la cabeza por ponerme a filosofar esa filosofía: o sea que lo mío es trobol segundo y Ferrari primero. O sea Papito, Papitito, Papitín, Papitote, Papitete, Papititi, Papitoto, Papitutu. O sea que yo veo que la situación por la que atraviesa el país es de atángana. O sea que en Puerto Rico se forma y es ya mismo o dentro de un ratito. Porque los obreros quieren ser los ricos y los ricos no pueden ser los obreros porque los ricos son los ricos. O sea que los ricos son los wilson wilson que quiere decir que los ricos son los que son. O sea que las tantas huelgas hacen daño y dan pena: no añadió como las noches de ronda porque Benny, el pobre Benny, el insaboro Benny, el insoluble Benny.

TIENE EL CORAZÓN virgo: intolerable virginidad. Ocurre que Benny tiene un pecho en el que no ocurre algo desde que, en la etapa fetal, le ocurrieron las tetillas. Quince años después le ocurrió un pelo, uno. Créame, yo lo conozco: Benny o la callosidad por dentro, Benny o el muchacho costrado por la indiferencia y la antipatía. Ejemplo pueril: Benny no ha cantado nunca en la ducha para olvidar el frío del agua. Ni en la guagua que transporta a Luquillo una clase graduanda ha cantado la plena *Qué bonita bandera,* la plena *Mamita llegó el Obispo.* Pero imposible: Benny no formó parte de clase graduanda alguna aunque se graduó. Benny no ha cantado *Noches de ronda* porque Benny no ha cantado un bolero, Benny desconoce el título de un bolero. Benny desconoce lo que es desconocer. Benny desconoce que desconoce un bolero desmigajado sutilmente por las manos de Rubén Escabí, con galanura bohemia, en noches de ron y cerveza, en el bar recoleto de la esquina del Callejón de la Capilla: tímpanos para lo dulce y cadencioso no los tiene. Benny desconoce que desconoce el cadencioso júbilo, el júbilo repartido como un pan grande. Benny desconoce que desconoce un poema de Neruda, dulce y cadencioso, soltado a la suerte del viento por la garganta de Samuel Molina en unas doce de la noche en el café La Tea: abandonado como los muelles en el alba: o sea que con qué se come eso, un poema de Palés Matos, un poema de Julia, un poema de Corretjer: o sea que.

REPETIR CORAZÓN VIRGO, añadir corazón deshabitado del milagro de estar vivo: sacarino pero exacto. Deshabitado de la angustia, de la rabia verdadera, de la ternura. Sueño o brillo soñador pero que nada. Sueño vivo, sueño agazapado en la mirada como el sueño vivo, agazapado en la mirada de los muchachos y las muchachas que altisonan y venden *Claridad y La Hora,* indiferentes al carro que chilla y huye: *comunista, vete pa Cuba.* Menos el sueño trémulo y hondo de los muchachos y las muchachas que se citan en el café La Tahona a aplaudir al Trío Integración, a aplaudir a Silvia Del Villard. Sueño vivo, sueño trémulo o esa transparencia agresiva que se muda o demuda en los rostros que oyen hablar a Mari Bras: deslumbrados porque la historia los invita a hacer el viaje: habla Mari Bras y ellos lanzan el pecho hacia el mañana porque en las manos les conversa la construcción de la libertad; rostros que desarman la noche en una pasquinada, rostros hermanados en el odio a Nixon y Pinochet. Pero Benny: qué va. Benny es un porco. Benny es un closet bellaquito para quien toda abnegación es pamplina: o sea que revolucionario y otros mierderos es reventarse una puñeta con la mano mojada: o sea que yo soy un elemento wash and wear: ¿no les digo?

BENNY NO FUE este semestre a la Universidad de Puerto Rico, ni fue el otro. Benny destacaba los libros en la trinchera del sobaco y confiaba en que el conocimiento le llegara por el fenómeno de ósmosis: ¡qué mamey! Ejemplo: Benny, asustado porque mañana por la mañana tomará un examen final, se deposita esta noche en la Sala de Resúmenes de la Biblioteca General de la Universidad de Puerto Rico: o sea que si *Don Quijote de la Mancha* viene en tamaño familiar de veinte páginas yo no voy a gastar la vida leyendo el de verdad: o sea que yo aprendí de niño que los libros se quedan y uno se va, o sea que yo no soy un estofón, o sea que yo soy un tipo listo, o sea que en sexto grado me decían Benny Listerine. Benny volvía a la casa con los bolsillos llenos de des y efes: Mami de Benny decía: antes con un donativo para restaurar el altar tal de la Purísima o La Altagracia se arreglaba el majadero asunto de las notas: por eso yo estoy de acuerdo con una elegante Asociación de Padres y Maestros de Niños Universitarios. Papito Papitín decía: celebrar en fecha a convenir un get together de maestros en el molto bello jardino de tu Mamá: get together con mozos uniformados, cold cuts de *La Rotisserie,* toneles de Beaujolais y Lambrusco espumoso: get together que cargo a mis gastos de representación senatorial. O sea que los maestros de la Universidad de Puerto Rico la han cogido conmigo: o sea que cuento chino la Universidad de Puerto Rico, basura en tarjetitas. O sea que hay que copiar tanto que duele la mano. O sea composiciones sobre los fenicios que inventaron el arte de salar el pescado, libros gordos y algunos maestros quieren que uno piense. O sea que yo pienso que si uno piensa se le acaba el pienso y después cómo piensa lo que le falta por pensar. O sea que la Universidad de Puerto Rico está controlada por los fupistas, los marxistas, los comunistas, los fidelistas, los maoístas, tantos istas que perdona que yo insista en la pista.

O SEA QUE de dónde salió ese enano de carro choferado por choferito negrito: se puede en un Volkswagen; esa cucaracha de carro que se pega cucarachamente a la goma trasera izquierda de mi maquinón de maquinones. Ferrari panita: qué es esto que es, Ferrari panita: dile a ese Volkswagen que no se meta contigo porque eso es meterse conmigo. O sea que ¿te atreverás? ¿Se atreverá el Ferrari a monoxidar a su enemigo trasero o a preguntarle ¿qué tengo yo que mi amistad procuras? O sea que ahora sí que me salvé yo. O sea que no puedo soltar el freno ni para rascarme la puntita del. O sea que qué pugilateo se trae ese carrito. O sea que ese Volkswagen es un osado de tamaño y el choferito negrito mira lo que hace. Lo que hace es que suelta el guía para intentar tocarle el trozo de joyo a una enfermerita que le ha puesto el trozo de joyo en la cara: casi. O sea que qué carajo pasa allí alante que los carros no se. O sea que esta calle es tan tan y ese enano de carro quiere pasarme. O sea que qué es lo que quiere: gritado. Sapristi: abracadabra de Hércules Poirot: otro enano que se pega por la goma trasera derecha de mi maquinón de maquinones y: racimo de puñetas y repuñetas, sarta de coños y recoños: tras el Ferrari, como si fuese acompañamiento nupcial numeroso, enfilan dos docenas de Volkswagen: si Benny leyera los periódicos se enteraría.

O SEA PAPI que lo mío es que mi Ferrari se sienta bien en Puerto Rico, que lo mío es que mi Ferrari tenga un ambiente cheverón en Puerto Rico, que lo mío es que mi Ferrari no se vaya a acomplejar porque le falta, porque no tiene la autostrada que construyó para el deslizamiento de los Ferrari el inmortal Benito Mussolini: oído y celebrado en cátedra fascista: mucho de cizaña hubo por parte de uno que otro noble, herido porque su heráldica no resistió el examen del *Almanach Gotha,* muchas infidencias hubo por parte de uno que otro pariente lejanísimo de Claretta Petacci. Pero la obra sustantiva y adjetiva está a la vista de todos, pero el esplendor sustantivo y adjetivo de la Roma eterna salvada por el Duce está a la vista de todos: el hecho de que Luigi Pirandello fuera fascista comprueba la solvencia moral del fascismo, el hecho escueto de que Ezra Pound fuera fascista comprueba la solvencia moral del fascismo. Fellini, Bertolucci, Moravia: pagliacci, bambolotti, cocchi di mamma.

BENNY OCUPA LAS mañanas en el lustre meticuloso de su Ferrari. Un cuidado pormenorizado con atención atenta a los guardafangos, los parabrisas, los tapabocinas, los aros, la capota: atención atenta con amonia para el brillado, cera para la carrocería, aspiradora para los asientos, escobilla para los rincones inaccesibles a la aspiradora. La gran tarea toca a su fin cuando la carrocería lanza cuchillos de luz por toda la marquesina. Benny almuerza en el comedor de diario habilitado en un rincón sobrante de la gran cocina: mimbre y cristal y cestones de frutas del cosecho inmediato y pareja de almireces. El comedor de diario habilitado en la cocina se separa de la marquesina enrejada que acomoda tres carros por un ventanal que oculta treinta o cuarenta celosías: o sea que me gusta que mi Ferrari me vea comiendo, o sea que me gusta ofrecerle cucharaditas de comida a mi Ferrari. O sea que el Ferrari me dice que no quiere comida porque el Ferra-

ri tiene un tigre en el tanque: jipea, rojos los cachetes, ríe. Benny ocupa las tardes en llevar al Ferrari
de San Juan a Caguas y de Caguas a San Juan.
Benny ocupa las noches en acostarse, arroparse y
rezar.

FERRARI NUESTRO QUE estás en la marquesina, santificado sea Tu Nombre. Tirado en una cama anchísima, dos plazas, reflejado en un espejo
que decora una pared larga, Benny descubre la fofa
desnudez de su cuerpo: unos chichos magros caen
por la cintura, un cuerpo que anuncia ramales de
grasa por las flexiones. Soba que te soba, un jugue-
teo por las bolas, como el que no quiere la cosa se
plancha los muslos. Lista la erección, Benny coloca
en la orilla de la cama un ejemplar del *Mundo* de
ayer. Dale que te dale que te dale que te dale;
ayyyyyyyy.

Y SEÑORAS Y señores, amigas y amigos, el inmedible popularísimo es el Macho Camacho en persona, el que tiene la fiebre de estar encima, el que pone a mirar la vida desde cerca y desde lejos y la vida mirada desde cerca y mirada desde lejos es, es, es, cómo decirlo de manera que diga diciendo lo que la vida es. Bueno, señoras y señores, amigas y amigos, yo no soy un Macho Camacho que es un filósofo de los sentimientos que se sienten. Pero, tengo el feeling de la vida apretada, de la vida del comecable.

HAGO UN CEREBRO con mis primos de La Cantera, macharranes peludos como monos, que un pelo les falta para ser monos, macharranes selváticos, macharranes de los que mandan y van, macharranes jugosos mis primos: primos conocidos, ea rayete, desde aquella vez que llegaron a la calle del Fuego, en los tiempos de Humacao, donde vivíamos yo, Mother y mi hermano Regino, que yo le puse El Coreano porque fue en Corea que se lo llevó quien lo trajo: reginos borinqueños por montón atomizados en Corea y Vietnam, la historia del aquí quién la creyera: oscuro pueblo sonriente: el verso de Guillén.

Y, COMO UNA lluvia persistente, el asombro lento de un recuerdo henchido de recuerdos: fragmento de un recuerdo de acrobacias sobre trapecios de muslos, fragmento de un recuerdo de maromas en rodillas, recuerdo Kodak de sus manos todavía manitas afanadas en endurecer, con equidad democrática los pipíes de los primos, de dos en dos los tres pipíes: dale que te dale que te dale que te dale: con el tesón de quien hace helado en garrafa, un dale que te dale tesonero para que ni uno solo de los pipíes de los primos abandonara la posición hidalga de pipí parado o paradito, un dale que te dale bajo la casa de zocos, dale que te dale a los viajeros de la chalupa *Vente conmigo,* dale que te dale a un placer que era esperanza de placeres: seis años: ella y los primos sometidos a una oscuridad tenebrosa, ella y los primos indiferentes a la gallina echada para empollar doce pollitos, ella y los primos olvidados de los murciélagos y la murcielaguina, de dos en dos los tres pipíes: como ella peinaba rizos la ricería dificultaba la equidad democrática de la faena, dificultaba pero no impedía: puta congénita no; si acaso, generosa congénita con sus poderes congénitos.

ELLA ES UNA viajera que transita entre los tiempos, tumbando caña como el alacrán, pisoteando la maleza, arrebatadora como Dora, caminando por la calle con una cinturita como la cinturita de Ofelia la Trigueñita, bella como una camella, fabulosa como una lechoza y: carajo que son las cinco y El Viejo no llega. Otras veces a mí plin si llega o no llega o llega tarde pero hoy yo quiero que llegue cuando tiene que llegar: para hacer el cuadro que El Viejo quiera que hagamos, anisarle el colgajo y chuparle el colgajo anisado. Lo que quiera que hagamos para que me afloje unos chavos extras y comprar un linolium y tapar el piso que se ve tan. Es que el Caño de Martín Peña: viento de las trompetas, alarde imperial de las trompetas, entrada de la voz del Macho Camacho: *lo mismo pal de alante que pal de atrás:* ella gusta de la penetración de la guaracha del Macho Camacho.

FABULOSA COMO UNA lechoza: símil hermético, enfilo el cuarto cubalibre, el sexto cubalibre, el octavo: nadie diría que los baja por pares, por tríos los baja si la dejan, tiene el aguante largo y combativo. Felisss como una lombrisss: nacionaliza la zeta y confronta un superávit de eses, me apipo de platanutre, me paso una lata de salchichas, me papeo una latita de jamón picao: relamida. Y, qué cosa, mira tú por dónde, como quien escupe, sin que se mueva una uña o impaciente una pestaña, hago el cerebro del siglo con mis primos de La Cantera con los que tengo un ajuste quincenal de aquéllo: la lengüita, trajinosa de insinuaciones puercas asoma al sobrelabio; desde ese jardín de alcázar envía noticias de contentura a unos ojillos chinitos que se apagan del susto: lengüita y ojillos chinitos reaccionan a una ortodoxia del placer refrendada por el calendario para el que posara la Monroe cuando no era la Monroe: la falda levantada por un golpe de viento que sube de una alcantarilla, ¿lo han visto?, calendario solicitado por Joe Di Maggio para efectuar un acto público de fogátil exorcismo, dicen que contrató el Yankee Stadium: pero nadie se deshizo del trampolín de sus fantasías masturbantes. Los primos de La Cantera: primos de la molleración protuberante, habladores, decidores, ruteros y Mamita qué bueno tú y Mamita qué es lo que te: agresiones verbales que pagan dividendos altos y altísimos: opinión de los primos macharranes de La Cantera que mejoran su oficio chulatorio mediante la lectura del mensuario *Sexología,* la comparecencia semanal a los cines Miramar, Rialto y New San Juan y el careo de los resultados individuales: yo le mamo la oreja antes de preguntarle si ella quiere el filete, si ella quiere el brillado de la hebilla, si ella quiere brocha: ustedes dirán que son primos desclasados, yo les diré que en la viña de los primos también los hay desclasados.

DESGLOSE SELECTIVO DEL cerebro que ella hace con sus primos de La Cantera con los que tiene un ajuste quincenal de aquello: secuencia de los tres macharranes cortados por la cintura a la usanza de las fotografías de las cédulas de identidad: camisas mamitoescas, gafas ahumadas, cabeza ladeada. Corte. Secuencia de los tres macharranes tendidos en una cama cubierta con colcha de motitas, cama cubierta con colcha de chenil, cama cubierta con colcha de retazos. Frente a las camas cubiertas con colcha de motitas, colcha de chenil, colcha de retazos un almanaque del Cafetín *La Taza de Oro,* Trujillo Alto, Puerto Rico. Cámara al rostro del macharrán mayor, recorrido de la cámara por la cara del macharrán mayor: barba cerrada, patilla operática escapada del coro de las sombrillas de *Luisa Fernanda,* bigotazo villista, ojos brotados por el deseo. Viaje veloz de la cámara hasta las partes del macharrán mayor; estaciones recorridas: tetillas sepultadas en maraña de pelos, ombligo sepultado en maraña de pelos, partes pudebundas sepultadas en maraña de pelos. Corte. Secuencia del macharrán mayor en escalada everéstica de la autora del cerebro. Corte. Tomas intermitentes del humor llamado sudor brotando a chorros por los poros de la pareja. Corte. Plano primerísimo de un poro sudado. Corte. Plano primerísimo de un poro sudando. Corte. Toma abrasante del macharrán mayor mientras parte en dos gajos el conducto membranoso y fibroso que se extiende desde la vulva hasta la matriz de la autora del cerebro. Corte. Toma panorámica de cuerpos en convulsión culminante: interés especial en el frotado de los vientres: ombligo con ombligo: así se chicha. Corte. Toma del cuerpo del macharrán mayor mientras bicicleta con agilidad maratónica el cuerpo de la autora del cerebro. Corte. Toma panorámica del cuerpo de la autora del cerebro, cuerpo resbaloso, cuerpo vaselinado, cuerpo aceitado con bronceador Coppertone, cuerpo aceitado con fijador Johnson. Corte. Toma final de la mano de la autora del cerebro durante la ejecución de caricias desesperadas y desesperantes de la melena tarzánica del macharrán mayor. Advertencia: repítase la lectura de la escena anterior tras la sustitución del cerebrado macharrán mayor por el macharrán intermedio y el macharrán menor: los primos macharranes de La Cantera son trillizos idénticos, la diferencia de edad se computa a base de minutos, no hay diferencia fálica alguna. Cuando se edite el cerebro de ella utilícese la guaracha del Macho Camacho *La vida es una cosa fenomenal* como música incidental y accidental, los primos se llaman Hugo, Paco y Luis: exactamente, de un paquín del Pato Donald lo tomó el Tío Hormiga Loca.

PRIMOS CONOCIDOS DESDE la vez que llegaron a la calle del Fuego, en los tiempos de Humacao, donde vivía ella, Mother y su hermano Regino. Primos hermanos por la parte de Mother, hijos del hermano menor de Mother, hijos de Tío Hormiga Loca: afamado Tío Hormiga Loca porque tenía el poder de preñar con la mirada: mito popular suscrito por los numerosos corifeos de barra, atrio de iglesia y mesa de dominó; Tío Hormiga Loca que viajaba la isla toda con una quincalla a cuestas en la que exhibía un fracatán de araberías y en cada pueblo y en cada campo dejaba una cuenta por mor de ésta o la otra chuchería y dejaba un corazón roto y dejaba una barriga compuesta: piropero, picaflor, enamoriscado andarín: fama de famas: cuando una picoreta le decía a Mother que el budinero y el listero de la Central y el caminero eran hechura segura de Tío Hormiga Loca, hijos con pinta heredada de desasosiego y oficio de ir y venir, ésta respondía, melindrosa, resistida a tercerías: conozco y reconozco como sobrinos a los tres mellizos que Miga le hizo a Petra Buchipluma en el Hotel Venus en los altos del Correo Federal de Humacao, conozco y reconozco como sobrina a la nena que salió bizca de los dos ojos y que Miga le hizo a Petra Buchipluma en la casita de la Revuelta del Diablo, conozco y reconozco como sobrino al nene que Miga le hizo a Petra Buchipluma en el Hotel Euclides de San Juan y que estudió para maromero y es el maromero número uno del Circo de los Hermanos Marco. Yo conozco y reconozco como sobrinos los sobrinos hechos en cama; los realengos hechos en el pasto, los realengos hechos de pie al pie de cualquier ceiba ni me van ni me vienen ni me vienen ni me van: sacudía las manos para manifestar una abstención copiada sin remilgos del higiénico Poncio Pilatos. Manos sacudidas de Mother, manos

SUCIAS DE SARTRE, recuerdo notorio de las manos suyas: manos todavía manitas empeñadas en endurecer con equidad democrática, los pipíes de los primos, primos que no volvieron a la calle del Fuego de la ciudad de Humacao porque Mother, escandalizada, ido el aire, aniquilada por una jiribilla bien illa, trancado el oxígeno en los pulmones por las sesiones prolongadas que efectuaron los primos bajo la casa, escribió a su cuñada Petra Buchipluma una carta protestante en la que le decía entre otros decires: la nena no está rota de milagro según el examen de orina que le hizo Lázara Cuvertier, tus tres hijos tienen malas costumbres y la obligaron a hacer fresquerías debajo de la casa que como tú tendrás que acordarte está trepada en zocos. Te mando a Hugo, Paco y Luis tal como tú me los mandaste, sin una carta de aviso, sin una tarjeta de a chavo como aviso. Mother tenía su espinita desde que vio a Hugo, Paco y Luis apearse de la *Línea La Experiencia* lo más campantes, como Pedro por su casa, sin una cajita de dulces, sin un saquito de palitos de Jacob, sin un engañito de Padín, sin una fundita de galletitas cucas, sin un paquetito de galletitas ciento en boca: nada y ella como una misma pen. Como una misma pentecostés buscando por toda la calle del Fuego, por toda la calle de la Ermita, por toda la calle Font Martelo una hamaca, un coy, una colchoneta, una camita sandwich, ay deja eso, y después dedicarse a hacer fresquerías que si Regino los coge los hace carne para pasteles, ay deja eso: a Rosa Berberena en una sola emisión de aire. Años después,

EN UNA VENTA especial de zafacones, se encontró, de sopetón, que hasta un susto se llevó del sorpresón, con uno de los primos, el primo que se había metido a bombero, primo bombero con un pecho como una cancha, primo bombero que le dio chino sin ser del oriente, primo bombero que la saludó con una pregunta que era una afirmación: pero ¿tú no eres la hija de Tía Eulalia, la que nos botó a mí y a mis hermanos de la casa de la calle del Fuego en Humacao? Ella, zandunguera, gustosa del pegamiento y la chinería, le contestó, volviendo la cabeza con destapados visos putañeros: la misma que viste y calza, y se humedeció los labios porque calculó, cálculo de santiamén, que humedecida los labios se vería más seductora. Ella le contestó mientras abandonaba el turno en la fila para ir a recostarse, chorreada, ofrecida, en una estiba de calabazas plásticas: mediados de octubre, Halloween en el horizonte. El primo bombero, discípulo de Jalisco y Jalisco nunca pierde y cuando pierde arrebata, abandonó también, el turno en la fila porque se le encendió la chispa que se enciende en estos casos; liviano, provocador, matador, mordiéndose un poco del bigotazo, fue a lo que siempre iba y a lo que siempre iba era a lo suyo: qué cosa, a los cinco ya tú me lo parabas. Ella, divertida, como quien gira en un carrusel, le respondió, con arrobo interdental:

bandido, hombre malo, aprovechado, muñeco, y le cayó un mal de risa que el primo bombero aplacó con pulsado grajeo de la cintura: —a los cinco y a los treinta. Desde el clandestinaje del bolsillo el primo bombero intentó serenar los aspavientos del tolete. El primo bombero la empujó con disimulo bien disimulado hasta una estiba de pavos plásticos: Thanksgiving en el horizonte. Ella, humedecida de labios, seductora, lo detuvo con un susurro cálido que invitaba a más grajeo, contradicción de contradicciones todo es contradicción: aquí no, sweetie pie, un pavo plástico como cinturón de castidad. El primo bombero le prometió un tumbaíto el jueves entrante: qué ratón bueno vamos a pasar. Promesa que cumplió con creces e intereses en el Hotel Embajador de Cupey Bajo, frente a la represa.

Y SEÑORAS Y señores, amigas y amigos, ese trío de trompetas trompeteras que integran esos tres terríficos de la trompeta que son el propio Macho Camacho en persona, el Zancudo Marcano y Edi Gómez, no tiene rivalidad, cuando a soplar llaman. Rivalidad ni comparación. Y esa batería, señoras y señores, amigas y amigos, qué batería más batería es esa batería.

EL SENADOR VICENTE Reinosa —Vicente es decente y nació inteligente— para espantar el pachó propiciado por el desprecio de la estudiante que estará en la ronda de los quince cuando llegue a su casa y suelte en el lavabo la libra de colorete, pachó que se le enreda en el alma como guirnalda de papel crepé, pita, silba. Pita, silba con timideces luengas, un son, un sonito, un sonitito, amago, mero amago de compás de la guaracha que se ha quedado con el país, bebido el país, chupado el país: del Macho Camacho. Casi un acto reflejo, casi un acto indispuesto, de los que se hornean en la cocina de la inteligencia, él me huele pero no me sabe: bien atrás e inconsecuente, seso arriba. Pero de peros: el Senador Vicente Reinosa —Vicente es decente y respeta al disidente— glorifica su venida a la tierra, interprétala como designio providencial, glósala como andadura mesiánica e inacepta entretener el ocio cabrón que le impone el tapón con el tarareo de. Truenos, relámpagos, centellas, eurekas, cáspitas, recórcholis, canastos, coñus, carajum, puñetum; cuando se percata de su estrepitosa caída moral, cuando acude a apagar la sed en los fueros de la razón, Job que se lamenta, Lear que se acongoja, Rodrigo en las cortes de Toledo: digamos que se diarrea. Izado por el horror y horrorizado, vuelve la vista a siniestra y diestra: nadie lo oyó pecar, lo vio pecar; alabados sean los ángeles de la guarda: cinco tiene asignada su condición privilegiada de senador por acumulación, nadie lo oyó pecar, lo vio pecar, porque

EL CHOFERÍO COMPLETO, la grey pasajeril completa, está encaramada, sobre las capotas, para averiguar qué carajo pasa allá adelante: pregunta desorbitada preguntada por los que no tienen acceso a las posiciones privilegiadas desde las cuales se aprecia qué carajo pasa allá adelante. Pero qué se ve, qué se ve. Un carajo de nada clarito es lo que se ve. Pero qué se ve, qué se ve. Se ve como si toda la Avenida fuera un parkin subterráneo. Pero qué se ve, qué se ve. Un mar de chatarra se ve. Pero qué se ve, qué se ve. Se ve que el mundo se va a acabar trancado en un tapón. Prevaricador: grito y acusación funesta de testigo de Jehová que aguarda el juicio final sentado en un Dodge Colt: el mundo finiquitará en fuego: descuartizado el rostro por estertores y bibliadas y el nacimiento de un destemplado cántico abortado de seguido: la guaracha del Macho Camacho calienta todas las antenas. Nadie lo vio pecar, lo oyó pecar; a pesar de la secretividad, a pesar de que no. La vergüenza cae sobre la nobleza de su cabeza. La guaracha del Macho Camacho, su furor vulgar, lo ha maculado, contaminado, asolado: altito o bajito, poquito o muchito, la guaracha: tiara de la ordinariez, peineta de la broza, estandarte de los tuza, se ha posado en sus labios. Con aliento de fugacidad, cierto. Pero se ha posado: el pecado es pecado aunque el tiempo utilizado sea. Pecador, cursillista, petitorio de misas dominicales, para penitenciar la culpa, a falta de cilicio o sambenito, el Senador Vicente Reinosa —Vicente es decente y su pudor erubescente— levanta los pecadores ojos de la pecadora cara para hallar un lugar abierto, descanso ameno, prado de romero, donde posarlos. En la búsqueda de paisaje redentor, superior en tamaño a los tablones propagandistas del Pan Holsum y el Queso Kraft, el First National City Bank y la Esso Standard Oil Company, descubre un letrero heroico, con cursivas de tabla de Moisés que, alto, predica:

MUÑOZ MARÍN VIENE, ARREPIÉNTETE: escrito con luminoso spray de letanía. MUÑOZ MARÍN VIENE, ARREPIÉNTETE: como versículo saetado hasta el mondongo de la conciencia. MUÑOZ MARÍN VIENE, ARREPIÉNTETE: como fulminante te aguarda la cagazón, hermano. MUÑOZ MARÍN VIENE, ARREPIÉNTETE: que no viene de Suecia como la Greta ni de París como los bebés. MUÑOZ MARÍN VIENE, ARREPIÉNTETE: que viene de Via Veneto y de Via Condotti donde anduvo historiándose. MUÑOZ MARÍN VIENE, ARREPIÉNTETE: arrodíllate puertorricón.

QUIÉRALO QUE NO, niégalo que no, afírmalo que no, el Senador Vicente Reinosa —Vicente es decente y su entraña es contundente— hace un oscuro y manual garabato sobre su frente, un jeroglífico volátil que emparenta con panderetazos temerarios, como una mojiganga parecidísima a la señal de la cruz, que no es la señal de la cruz pero que quiere ser la señal de la cruz, sin serlo ni parecerlo: como lo han leído. Zape. Lagarto verde, Pateco el Irisado, Espíritu de la Sola Vaya: el Senador Vicente Reinosa —Vicente es decente y la impiedad le es repelente— retira, desenchufa la vista, del letrero heroico con cursivas de Tabla de Moisés que, alto, predica. Para desterrar genuflexiones expresas de su beatería insular, acepta entretener el ocio cabrón con zampada olímpica en los culazos olímpicos de unas hembrazas que han formado bonita pareja para jorobar la pita sobre la capota de un Mustang azul. Sonsoneada la joroba de la pita por la escalofriante guaracha del Macho Camacho *La vida es una cosa fenomenal,* gente sesivana las hembritas, bailoteras esperanzadas en que dos pejes de agallas le organicen el fun and games: me llamo Sole, me llamo Sole: las dos se llaman Soledad, afro que gime, senos retóricos, ojos que hablan un lenguaje cargado de intenciones, me llamo Sole, me llamo Sole: hijastras de Eco.

PERSIGUIÉNDOSE LA UNA a la otra, brincando por sobre las capotas, levantándose las faldas, soltando sudor por los goznes, retando al sol, jugando, bailando, gritando, haciendo banderines con tiras de los culazos: las Soles: este país es la hostia: no olvidar que el difunto Juancho Gómez pidió la iglesia pa un baile. Zampada olímpica en los culazos olímpicos de las hembrazas Soles: el Senador Vicente Reinosa —Vicente es decente y de honrado sacó patente— contempla y siente un sunsunbabaé entre las piernas: el animal insomne puesto de pie, contempla y oye la cháchara danzada de las hembrazas y a empellones razona: justo ahora, ahorísima que marcho loco de contento con mi cargamento a encontrarme con la querida de turno, la caoba de turno, la cobriza de turno, ahorísima que son las cinco en punto, el tapón supera lo humanamente tolerable: sencillamente no hay salida para la Avenida Roosevelt, sin salida: ladrillos existencialistas pavimentan la salida, ladrillos de Jean Paul y Simone, ladrillos de la Greco fabricados en el Café Flore, no hay salida, no hay salida, sobre las capotas, en la suavidad de los asientos, en el ombligo del calor, en el arreglo multifónico de las bocinas, colgados de las puertas como monos rebelados, los choferes y los pasajeros se lanzan a un bembeteo boricua, que ya es mucho decir: tanto cuchi cuchi, tanto ay virgen santa, tanta opinionera, tanto agitador vellonero, tanto cuando los policías dirigen el tránsito lo cagan bien cagao, un tren elevado o un subway: pero es que los de la legislatura tienen cerebro de mimes: sin ofender que aquí hay parientes y dolientes de los legisladores: dobla que te dobla una manga de chaquetón porque el sol jode lo suyo, sépase que el sol de Puerto Rico no es un refresquito de piña. Cerrado hasta Bayamón: dice una mujer flaca a la que cuatro cajeros de banco, cuatro tellers, levantan para que atalaye, hizo un fotuto con las dos manos e informó, alarmista: cerrado hasta Bayamón, cuchi cuchi y guaracuchi, guaracuchi de los radios de los carros, como una obertura majestuosa de guaracuchi, así. El Senador Vicente Reinosa —Vicente es decente y su calma estremeciente— dice: llegaré tarde, llegaré tarde: redice. Ella, ella es la corteja de turno, ganada por impaciencias y terrores a asaltos y ultrajes y secuestros y latrocinios y tiroteos y francotiradores, el menú fijo del país, se irá, es muy capaz de irse. Ida hoy, hoy ida que estoy en la necesidad de la venida. Con la esposa ya se sabe:

TANTA PECA Y blancura, tanta negación misteriosa, tanto cuidado y despacio y suave y acaba y cuándo vas a acabar y déjame rezar una Dios te Salve Reina y Madre, déjame rezar una Santa María y déjame rezar un Padrenuestro o se hace la dormida o se hace la desentendida o me exige un silencio sepulcral porque anda en el expedienteo de la meditación trascendental e impuso las camas gemelas para que en el cruce de ese abismo glacial se murieran las eróticas disposiciones: una cama grande es natural: repara en que el roce de una pierna, el abandono de una mano: nada, no insistas, que no me, que no te qué, que no me, que me pones nerviosa, embarrada en Crema Ponds, embarrada en Eterna Veintisiete, embarrada en Second Debut, mascarada con mascarilla de, medias de lana gruesa porque tengo frío o principio de artritis, toldo con ruedo en el que se colocan unas planchitas de plomo: mosquitos, cucarachas, insectos: pero estás delirante, pero soy una señora, buenas noches: se duerme o se hace que se duerme: molesto, despreciado, voy a la nevera, restallo la puerta de la nevera, bebo un vaso de leche, me como un trozo de bizcocho Sara Lee, no. No voy a despertar a la sirvienta, no soy un canalla, soy un señor: me atrevo o no me atrevo, me atrevo o no me atrevo: Hamlet con la calavera, yo con el trozo de bizcocho de Sara Lee, me atrevo o no: el Testivitón, promesa de doce de la noche: dejar de tomar Testivitón o tomarlo cada cuatro días. Fino y refinado, caballero y caballeroso.

EN CAMBIO, QUE cambio con la querida a cambio de un patrocinio financiero garantizado por las arcas del país, qué respuestas abrasadas a su Eros dinámico, qué recibimientos cálidos a las peticiones insospechadas: qué talento en la pirueta: pirueta de la cama, pirueta de la butaca, pirueta del suelo, pirueta del borde del lavabo, pirueta de la bañera: precursoras dignísimas del *Último tango en París:* el botiquín atestado de esponjas, la nevera atestada de barritas de mantequilla Blue Bonnet: qué versatilidad asombrosa para la composición y el sostenimiento de figuras inverosímiles: con tal de que la querindanga sea negra o mulata. Negra o mulata el requisito y la esposa tanta peca y blancura. Negra o mulata: el secreto peor guardado del Senado o Augusto Palacio Parlamentario de Puerta de Tierra: en los interminables cofi breiks, en los pases de lista, en el Whiskyrato que es la oficina del ponderado y respetado Senador Guzmán, en los ágapes, el farfullero y sempiterno Senador Guzmán, par de un par de moteles, líder de los patronos, líder de los obreros, sonetista en alejandrinos telúricos, chanzaba: Vicente el Negrero. Vicente el Mucarero: toses ahogadas de los Senadores Felipe Bengocosta y Raimundo Velázquez, huéspedes permanentes de hoteles y cabarets donde su caché paga el cachete de las salutaciones licoreras. Negrero, mulatero, mucarero. Y dale con la jodida guaracha: pero es que en esas discotecas radiales no hay otros discos: la popularidad, amigo, la popu.

INTERRUPCIÓN DEL HIT parade de la primera emisora de la radio antillana para lanzar a la histeria y a la historia un extra bien extra: bomba en la Universidad. Estalla bomba en la Universidad de Puerto Rico. Estalla bomba en la Facultad de Ciencias Sociales de la Universidad de Puerto Rico. Estalla bomba en la Facultad de Ciencias Sociales Ramón Emeterio Betances de la Universidad de Puerto Rico. Los efectos de la bomba no han sido determinados pero efectivos del Cuerpo de Investigación Criminal, efectivos del F.B.I., efectivos de la Fuerza de Choque han tendido un cinturón protector al complejo de edificios que alberga, entre otras, a la Facultad de: interrupción para encarecer mil perdones por la interrupción anterior, interrupción de la arrebatación del momento, la arrebatación surca el cuadrante, arrebatación que nos recuerda que la vida es una cosa fenomenal. Bela Lugosi, Frankenstein, El Monstruo de la Laguna Negra,

Y LA ARREBATACIÓN del momento, señoras y señores, amigas y amigos, fugada del cacumen del Macho Camacho para imponérsele a la imposición del dúo de quejosos Sandro y Raphael, a la Reina de la Canción Latina Lucecita, por encima del fabulón Tom Jones, deja botadísimo a Chucho Avellanet, la que canta por cantar en la cola se fue a quedar, la pela le da a Serrat, no se salva ni el grandioso Danny Rivera, todos liquidados por el empuje arrollador del Macho Camacho que es como decir el cura o el pastor o el evangelista de la cosa.

GRACIELA OJEA EL último *Time:* People have got to know whether or not their President is a crook. Well, I'm not a crook. Graciela salta las páginas de noticias internacionales de *Time:* Allende or death in cold blood. Graciela salta las páginas de crítica literaria de *Time:* Vonnegut's *Breakfast of Champions.* Graciela vuelve con horror y asco unas instantáneas del Vietnam napalmizado reproducidas por *Time* porque ella no tolera ni un minuto de angustia: nada doloroso, nada pesaroso, nada miserable, nada triste: yo no nací para eso: bueno que es no nacer para mirar los niños achicharrados por la candela y el espanto, gente que tiene suerte, coño pero qué bueno. Graciela se detiene fas-ci-na-da, hechi-za-da, em-bru-ja-da, a mirar la fascinante, hechizante, embrujante fotografía de la casa de Liz y Richard en Puerto Vallarta publicada como suplemento gráfico de *Time.* Típica y tópica: caserón nostálgico de los tiempos de Don Porfirio con orificios máuseres de un batallón de las huestes de Victoriano Huerta, ramas de buganvilia y nopales a cuya sombra esquelética hacen tortillas de maíz unas chinas poblanas, tortillas cocidas en comala roja como la tierra de que está hecha, recostados del balcón petroglifos amenazantes de Tlaloc y Quetzalcoatl: ¿*Time* o una novela de Carlos Fuentes? En una esquina se está un organillo oxidado con rollo musical de *La Adelita*. Cien suspiros después, mareada por los devaneos de la musaraña, la cabeza asediada por una mortificación ajena a caspas e insectos hemípteros, Graciela pasa otra página y. Oh. Oh. Oh. Oh; el terepetepe. Una arañita suspendida de su hilo no queda tan suspendida, oh, oh, oh, más suspendida que un papel escrito en puntos suspensivos:

HABÍA UNA VEZ y dos son tres, una princesita llamada Jacqueline que se casó con el Rey de la Isla del Escorpión. El Rey de la Isla del Escorpión era compadre de Midas y tenía los ojos de oro y tenía la nariz de oro y tenía la boca de oro y tenía el pecho de oro y tenía el ombligo de oro y la cabeza de la pinga no la tenía de oro pero la tenía orificada. Graciela edita orgasmos inéditos, Graciela edita calorizos uterinos, Graciela edita secreciones mucosas: la Princesita Jacqueline en traje de montar en jabalí, la Princesita Jacqueline en traje de comer papitas fritas, la Princesita Jacqueline en traje de dar limosna a los pobres, la Princesita Jacqueline en traje de quitarse el Tampax, la Princesita Jacqueline en traje de llamar por teléfono a la Baroness Marie-Helène Rothschild. Cosas hay que siendo cosas no son para narrarlas: los piojos del placer punzante pican y pican y pican el amor propio de

Graciela Alcántara y López de Montefrío. Graciela Alcántara y López de Montefrío picada y picada y picada y picada por el placer punzante de los piojos del placer tira al aire el *Time,* bota al aire el *Time,* lanza al aire el *Time,* chilla dolida, chilla resentida, chilla chillada: eso es vivir, eso es vivir, eso es vivir, Graciela Alcántara y López de Montefrío da saltos de mona en celo o saltos monos, da saltos de gorila en celo o saltos gorilos, eso es vivir, eso es vivir, eso es vivir. Resumido: el amor propio se le hace confetti.

LA RECEPCIONISTA: EL patatús: si era loca mosquita muerta, si era loca a lo sucusumucu. La enfermera y la recepcionista, confundida y sorprendida por la loquera de la loca quietecita, la loca mosquita muerta, la loca a lo sucusumucu, ni se da cuenta de que sube el volumen del transistor hasta chocar con la rayita que indica que el volumen no sube más: tautológico. Quién no lo sabe: la guaracha del Macho Camacho inflama los diplomas plastificados que cuelgan de las paredes como acreditación de la capacidad del Doctor Severo Severino para el enfrentamiento a las emociones suculentas; inflamado por las fusas y semifusas de la guaracha del Macho Camacho arde el certificado brilloso que certifica que el Doctor Severo Severino asistió y aprobó el cursillo *Cómo influir en los demás y ganar amigos,* ofrecido por las escuelas de Dale Carnegie; inflamado por las corcheas y semicorcheas de la guaracha del Macho Camacho arde el certificado brilloso que certifica que el Doctor Severo Severino asistió al y aprobó el cursillo *Cómo ser feliz en siete días*. Naturalmente: el pandemonium avisa al Doctor Severo Severino quien echaba una rondita del juego Monopolio con una paciente latifundista, paciente que, además de tener un fundus latus tenía una manía depresiva que se aliviaba con jueguitos de mesa: parchís, monopolio, brisca, treintiuno: el pandemonium y la Enfermera y la Recepcionista y la violación de la puerta del estudio donde se destilan las emociones suculentas y: Doctor, se desmadró la Tiquis Miquis. El Doctor Severo Severino: pero no le he dicho que el lenguaje y el manejo de la palabra y la. La Enfermera y la Recepcionista: Doctor, que se le salió el calce a la blanca pechiseca. Vean y miren, miren y vean: la latifundista maníaco-depresiva baja por una ventana y desde la acera reclama la devolución de los hoteles. El Doctor Severo Severino tira por la ventana los hoteles que ella apresura a guardar en la cartera. La latifundista maníaco-depresiva exige las casitas del Paseo Tablado, las casitas de la Avenida Madison. El Doctor Severo Severino tira por la ventana las casitas. La latifundista maníaco-depresiva exige el dinero todo. El Doctor Severo Severino tira por la ventana papel moneda por valor de cincuenta mil pesos y corre y vuela y vuela y corre con su mejor sonrisa plástica a dar atención reglamentaria a Graciela Alcántara y López de Montefrío. Graciela Alcántara y López de Montefrío parte en dos su salto orangutánico ciento doce para preguntar: Doctor, ¿por qué Liz sí y yo no? ¿por qué Jacqueline sí y yo no? Si usted no puede contestar a esas preguntas me coloca en el mirador del suicidio. La Enfermera y la Recepcionista: el helado de chocolate es buenísimo para los nervios y con sirope de piña es todavía mejor: susurro. La Enfermera y la Recepcionista: ¿por qué el Doctor me apagaría los ojos?

VAMOS AL DESPACHO, mujer guapa, mujer bien puesta, mujer bien calzada, mujer bien maquillada, mujer tomada por la cintura, la cabeza de Graciela Alcántara y López de Montefrío descansa en el hombro del Doctor Severo Severino, un desaprensivo sospecharía que se inicia el segundo acto del *Lago de los cisnes:* Albrecht y Odile encaminados hacia los laterales para iniciar el gran pas de deux. La grabadora, el cuaderno de apuntes, una laxitud tan fabricada que incide en la tensión, suspiros, tos, un dicho como quien no quiere la cosa ayer pensaba en usted, un recholero los nervios suyos son nervios elegantes, un no se ría de mí que la risa de la humanidad me hace daño, un no me río de usted, un me río con usted, un la vida es tan cruel, un uno quiere que la vida no sea tan cruel y: tras un suspiro que recapitula cientos, la vista ramonea por el plafón y el hielo hace crac: en febrero. Graciela extrae del bolso encantador de cabritilla, el delicadísimo y carísimo, la pitillera de oro coronario comprado a crédito en la Joyería William Cobb. Graciela extrae de la pitillera el pitillo que enciende por el extremo desfiltrado, otro que daña.

DOCTOR, NO SE trata, propiamente, de los nervios. Soy una mujer equilibrada, dueña y señora de cada uno de mis actos, actos sobre los cuales ejerzo un control y manejo envidiables, tonificada por mi misa de doce en Catedral, mi donativo de ropa vieja a los pobres, el sobrecito con dos dólares mensuales que envío para caridades al Asilo de Ancianos Desamparados. El hielo hace crac y se rompe: en febrero comenzó el aquél. A veces, pocas, no pasaba de ser una incomodidad manifiesta en ahogos repentinos, escalofríos súbitos o la manera peculiar de enfrentar las situaciones más simples: el café ralo o el café cargado o el café ni ralo ni cargado o el café caliente o el café frío o el café que no sabe a café o el café que sabe a madera o el café que sabe como a flores de muerto o el café que sabe como a lechuga. Alocadamente, abochornadamente, aterradamente, pensé en un embarazo otoñal.

LA PALABRA OTOÑAL le hipoteca la memoria con bizcochos de a dos pisos y crestas de cupidos saltones y figuritas amerengadas de Filemón y Baucis con ojitos de pasa y salteaditos de gragea. Falsísimo, la palabra otoñal le trae memoriones de películas en blanco y negro de la cómica pelirroja que fue suegra de Liza Minelli, no, de Bette Davis no. De Bette Davis sí, Bette Davis encinta de Gary Cooper o encinta de Bogart, Bette Davis encinta de Clark Gable y vestida con batitas de estameña y una cola que le daba la vuelta al Cine Riviera y saquitos de pop corn y. Mentira. La palabra otoñal la atosiga de recuerdos conmovidos, recuerdos lastimosos de una novela de televisión protagonizada por la profunda trágica Madeline Willemsem, la gran Madeline Willemsem destruida, capítulo tras capítulo por la perversidad absoluta de un ingeniero canalla que empeña el precioso collar de perlas que le regala un conde austríaco, conde austríaco que no era tal conde austríaco pero sí un apache de los bajos fondos de París, Telemundo presenta a la profunda trágica Madeline Willemsem y, Falso, falso, falso, amnésica, olvidadiza, la estrella de la novela era la gran Lucy Boscana, Telemundo presenta a la excelsa primera actriz Lucy Boscana y la Boscana salía en toda la novela con una gargantilla de perlas con la que se ahorcaba en el último capítulo tras descubrir, una escena naturalista, que era coja de nacimiento. La novela se llamaba *Perlas otoñales,* la novela se llamaba *El otoño de las perlas,* la novela se llamaba *Perlas para mi otoño,* Telemundo presenta.

DESPUÉS DEL AQUÉL vino la vomitera, muchísimo peor: la sensación de un vómito inminente que se arrepentía cuando ya había entrado en el jardín del esófago, cuando ya había amargado las entrañas, cuando ya había amargado la periferia de las amígdalas. Por dios y los que con Él moran: imposible un embarazo tardío, pese al desvarío relatado. No. Además, su esposo y ella no. Tiempísimo. Su esposo devorado por la actividad política. Además, mi hijo tiene, tiene, tiene. Soy tan torpe para las fechas. Además, yo no soy la clase de señora para la que *eso* es importante. Con repugnancia moral pronuncia el neutro y lo amarra con soguillas de un asco sagrado. Yo soy demasiado señora y como señora trato *eso* con su cuota de asquito, me siento aliviada cuando mi esposo se duerme sin acudir a la insinuación mínima de interés en *eso*. Además, lo quiero, no hay duda de que lo quiero porque es mi esposo y Dios manda querer al esposo y yo quiero mucho a Dios. Pero una cosa es con violín y otra cosa es con guitarra y tres cosas son con cuatro. *Eso* me pareció siempre barato. Barato no. Bajo. Bajo no. Rebajado. Rebajado no. Arrastrado. Arrastrado e infernales las voces que orientan la sangre desvestida, pecado *eso,* uyyy: como si tuviera mierda en el zapato, ganas de escupir por tanto asco.

NO ESCUPE PORQUE en Suiza nevada y pura aprendió a no escupir. Porque en Suiza nevada y pura no se escupe, en este bendito Puerto Rico sí: reflexión que la pincha en periodos diarios: en este país se escupe mucho, en este país se escupe demasiado, en este país se escupe donde quiera, en este país se escupe de maneras mil, el pobre y el rico, el hombre y la mujer, a todas horas, en la ocasión inesperada, en la galería refrigerada de la Plaza Las Américas lo ve, en el café parasolado Las Nereidas lo ve: escupir: costumbre desclasada de país desclasado: Isabel y Fernando nunca debieron.

Y SEÑORAS Y señores, amigas y amigos, qué bien castiga, fuetea, tortura los cueros ese atacante ejecutante que es el Corino Alonso. El criminal del bongó es llamado, el mamito del pellejo reseco, el papasón del curtido, el fuápete de las nenas.

PAF —ARGUMENTA EL Viejo del que La Madre era Corteja, ruedas en el aire con las manos, con los brazos. Tttt —argumentó El Viejo del que La Madre era Corteja, poniendo hielo en la hielera. Dislates, leyendas al margen de toda consideración científica —argumentó El Viejo del que La Madre era Corteja, pamplinas, pamplinadas, concepción descabellada de la realidad: gesticulador. Primitivismo insensato de quien opone superstición Y razón —argumentó El Viejo del que La Madre era Corteja, ordenando tres cubitos de hielo en un vaso largo, vaso largo de jaiból, vaso largo de jaiból con inventados dibujos egipcios sobre héroes y tumbas. La exposición a los rayos solares resulta en beneficio neto a la piel expuesta —argumentó El Viejo del que La Madre era Corteja, el dedo gordo del pie derecho inaugurando una ruta pedestre por el pezón de La Madre que era Corteja del Viejo. Los baños de sol son formas terapéuticas antiquísimas —argumentó El Viejo del que la Madre era Corteja, colocando el vaso con jaiból en la mesita colocada al extremo del sofá con el fin de colocar en ella los vasos con jaiból, el dedo gordo del pie izquierdo inaugurando una ruta pedestre por el pezón derecho de La Madre que era Corteja del Viejo. En la Francia anterior a la república se utilizó el recurso del baño de sol con tratamientos para alienados benignos argumentó El Viejo del que La Madre era Corteja, ciñendo la cintura de La Madre que era Corteja del Viejo, ceño con los pies, juguetea a que apretando, gozando el mareo de los pies, la cosquilla. Alienado benigno es la categoría síquica a la cual incorpórase El Nene —argumentó El Viejo del que La Madre era Corteja, arrodillándose, anillando los muslos de La Madre que era Corteja del Viejo, semillando los muslos con mimos y alientos, semillando los muslos, separándolos: cena opípara en la zona sagrada.

LA MADRE OBEDECE. La Madre bien que obedece. La Madre es obediente. La Madre deja al Nene en el parquecito de la calle Juan Pablo Duarte. La Madre deja al Nene acostado en un recodo del parquecito de la calle Juan Pablo Duarte. La Madre deja al Nene acostado, soleado, en un recodo del parquecito de la calle Juan Pablo Duarte porque el Nene es una plasta. No faltaba más: La Madre no desaparece así así como si fuera madrecita de cualquier miércoles. Nada de eso, de eso nada, nada de nada de eso. La Madre sabe muchas canciones de las madres, La Madre sabe muchos pasodobles de las madres, La Madre sabe muchos tangos de las madres. La Madre ha visto mucho cine mejicano. La Madre es punto fijo del Cine Matienzo, del cine New President. La Madre mima al Nene: Mamá mía,

Mamá mía, bésame bésame, todos los días: Sara García, Libertad Lamarque, Mona Marti, Amparo Rivelles. La Madre lo tongonea. La Madre le jura que Dios Todopoderoso lo premiará si se porta bien, que Dios Todopoderoso lo querrá mucho si se porta bien, y otras sandeces pías que rebotan sobre la cara en la que no asoman la pena, la alegría, el humano sentimiento.

BAJO UN SOL irritado por su propia candencia, ¿Apolo rubicundo avecindado in spite of himself en una ciudad llamada San Juan?, ¿Apolo rubicundo taumaturgo de los soles truncos?, ¿Apolo rubicundo por la combustión de otro día nuestro?, relumbra tamaña la burla: juegos de escarnio, juegos de pullas y puyas representados sobre una tarde aparatosa: batida de azules y nubes escalando maleza y basurero y atravesando una casa de dos plantas y sorteando unos perros que pasan: relinchada y malsana felicidad, cuando una varita seca hace su entrada en el lóbulo y El Nene se achica como un gongolí, pasteurizada mala leche y hervida en veinte ojos abiertos a todo mal, mala leche revuelta con aullidos; cacareos de intención homicida de los niños que halan los bracetes toninos y deshuesados del Nene. Hasta que el empeño de romperlo se rompe y se frustra; maullidos de gozada ruindad de los niños sobrantes que apostados en una chorrera contemplan el gozo y lo gozan. Y aguardan: niños ahijados del old west con sombreros de ala entornada, ala entornada en la tradición de Gene Autry, cartucheras de plata en la tradición de Hopalong Cassidy,

163

maullidos de gozada ruindad de las pistolas y revól-
veres amontañados en la tradición arsenal de Capo-
ne, Dillinger y Bonnie and Clyde, Bonnie and Clyde
redivivos en la balada pespuntada en una camisa:

Un día caerán juntos
y los enterrarán uno al lado del otro;
para algunos no será motivo de pena,
para la ley, de alivio,
Pero para Bonnie and Clyde será la muerte.

Maullidos de gozada ruindad de una muñeca
Barbie tétricamente sentada en el puesto más alto
de la chorrera: balidos enriquecidos por la rabieta
de los niños que mojan los dedos en la baba, dedos
babosos restregados en el mahón o el tirante de un
jompersito, bien lindo, todo a cuadros escoceses;
croares de competida vileza, mugidos cuando el
brinca la tablita, graznidos cuando el a escupirlo todos: todos apeados y saltados de la chorrera y de los
columpios y de un algarrobo y esa amazonía demen-
te que solevantan diez niños sanos: todos son rolli-
zos jabatos, fornidos lobeznos, salvajes potros, ági-
les gallitos de pelea, magníficos tigrejuanes y john-
nies sin afelinar, tozudos pichones de granuja, ru-
bios proyectos de maffiosi y libre empresarios: estatua de saliva compusieron, retorcida brevemente y
de saliva.

SE RASCABA LA falda, le picaba una tableta:
impresión comunicada por el entusiasmo o la deses-
peranza con que se rascaba la falda, la piel sin in-

mutarse, piel inmutada de Doña Chon. Doña Chon, clériga suma del arroz y la habichuela, invicta hacedora de rellenos de papa, depositaria del secreto del bacalao guisado con huevo más rico del mundo, mater et magistra del asopao de pollo, mano santa para las tortitas de calabaza, revolvía un dron de mondongo que daría el gustazo de la época a los albañiles en huelga. Yo que creía que los que estaban en huelga eran los taxistas del aeropuerto —dijo La Madre, lustra que te lustra el cabezote que soportaba el pelucón rubio, mal sentada en una silla de tijeras que arrastró desde su casa, la casa donde dormía. Porque la vida de día a día la hacía en la casa de Doña Chon, frente por frente las casas, diez metros escasos entre una puerta y la otra, el patio era de agua: el mangle. Los taxistas del aeropuerto, los taxistas de la flota de Blanca Tirado, las bluseras de la calle Guano, los empleados de Obras Públicas, los muchachos que hacen los jambergues a la entrada del Caserío Llorens —dijo Doña Chon, el humero comiéndole los ojos. Medio país en huelga y el otro medio organizándola —dijo Doña Chon, los ojos comidos por el humero. Ahora viene la huelga de los bomberos, después viene la huelga de los maestros —dijo Doña Chon: profética. Y los bomberos no se quieren pa na —dijo La Madre: experiencia de muchas horas de vuelo. Después viene la huelga de la luz —dijo Doña Chon. Abría la nevera de lejitos porque es que el yelo me pasma —dijo Doña Chon. Menos mal que se terminó la huelga de los locos —dijo Doña Chon. Doña Chon le daba pases brujeriles al mondongo y abría la mano y desde una altura considerable y sospechosa dejaba caer en el manjar hirviente hojitas de culantro y mascullaba vocales inciertas dirigidas a la Sabrosa Virgen del Recao. La huelga de los locos duró poco —dijo La Madre, lustra que lustra el cabezote que soportaba el pelucón negro. Doña Chon, el as de ganar en la mano, el dron de mondongo como barra para apoyar un turn out de extensión rigurosa: porque eran locos federales, mija, gente hecha loca en Corea y Vietnam. Aquí lo federal es el cuco, el cuco, el cuco —dijo Doña Chon, dijo desgañitada porque en el cafetín *El Pecado de Ser Pobre* la guaracha del Macho Camacho imponía un régimen absolutista. La Madre, lustra que lustra el cabezote que soportaba el pelucón rojizo, suspirosa: ¡ay madre!:

EL CUAJO Y las morcillas y los guineítos verdes para ir abriendo —dijo Doña Chon. Los platones de bacalaítos fritos para acabar de abrir —dijo Doña Chon. El mondongo y el butucún de pan con ajo para enfrentar el estómago abierto —dijo Doña Chon. La olla de funche y los azafates de dulce de lechoza para empezar a cerrar —dijo Doña Chon. Los potes de café para cerrar de una vez —dijo Doña Chon: escoltada por ocho fogones sobre los que crepitaban sartenes, mantecas y calderos. Uno es lo que come —dijo Doña Chon. Doña Chon metía la cuchara en el casito que amaba. Doña Chon comía como llaga mala. Una cosa es comer y otra cosa es sentir que la comida se ha sentado en los pies del estómago —dijo Doña Chon. El cristiano debe parar de comer cuando siente que se le va a salir la comida —dijo Doña Chon. Doña Chon, ruega por nosotros los gordinflones ahora y en la hora de las dietas adelgazantes de los Weight Watchers. Lo mío es comer y vacilar —dijo La Madre, limpiándose los restos del mondongo en la manga de la blusa, satisfecha como una perra. Lo mío es comer hasta cagarme —dijo La Madre, expansiva y confianzuda, chupa que te chupa un hueso de patita de cerdo. Severa, perturbada, Doña Chon: en la mesa no se dicen cosas indeseables. La Madre, azorada, el rabo metido entre las patas, oculta tras el hueso de patita de cerdo, en idioma inglés chapurreado, en idioma inglés metralla: excuse me. La Madre, arregladora, suavizadora, contentadora: Doña Chon, si me recoge El Nene esta tarde le doy su alguito y el alguito le ayudará a pagar el abogado de Tutú. Tutú —suspiró Doña Chon. Doña Chon retiró el casito que amaba. Doña Chon soltó la cuchara. Doña Chon devolvió una greña rebelde al greñerío. Tutú —repitió Doña Chon, un brazo en los ojos, como si los alambres del corazón se le hubieran zafado, como a la espera de que la cara se le llenara del aserrín que la rellenaba, muñeca grande hecha trizas, muñeca descoñada por el resto de la tarde, entristecida por el nombre pronunciado. Metáfora manoseada y posible: tal la niebla que podía cortarse con un cuchillo. La Madre devolvió el hueso de patita de cerdo a una orilla del plato donde otros huesitos levantaban una comunidad.

LA VIDA ES un lío de ropa sucia —dijo Doña Chon: definidora, de la mirada se le colgó una hoja de tristura. La vida es como un lío de ropa sucia pero de problemas —dijo Doña Chon: académica y juiciosa en la matización. Los hombres no se dan cuenta de que la vida es un lío de ropa sucia pero de problemas —dijo Doña Chon: discriminadora. Doña Chon, usted es una persona que sirve para escribir guarachas —dijo La Madre: soñadora, respetuosa como la prostituta. Doña Chon: yo soy una mujer de mi casa: respondido en tonalidad neutra de interpretación imposible. Un hombre no sabe ni así, tomó una pizca de yema de dedo, lo que es el dolor —dijo Doña Chon, argumentosa. Ningún hombre podrá parir nunca —dijo Doña Chon, bombástica en la formulación del histórico aserto. A los hombres les falta el tornillito de la pujadera que es un tornillito que la mujer trae en su parte —dijo Doña Chon: ginecóloga. El día que un hombre quiera saber lo que es parir que trate de cagar una calabaza —dijo La Madre: eufórica, un kindergarten en los ovarios, fanfarria con las trompas de Falopio.

Y AHÍ FUE Troya, señoras y señores, amigas y amigos. Porque vengan discos y más discos, entrevistas en revistas de artistas, invitación a representar nuestra islita en el festival de la gozadera caribeña y el acabóse de los acabóses: invitación a tocar en Loíza Aldea el día mismísimo del Apóstol Santiago y exponerse al juicio exigente y sabio de la negrada cangrejera, dueña del sabor que es.

BENNY DICE AL mediodía: qué lindo es mi Ferrari y hace un acróstico salutatorio con las letras de una sopa Campbell. Benny dedica toda la tarde a pasear en su Ferrari, de San Juan a Caguas, de Caguas a San Juan, de Cataño a Dorado, de Dorado a Cataño. Benny no pasea de Barrio Obrero a la Quince porque de Barrio Obrero a la Quince un paso es. O sea Papi que me voy a volver loco si no castigo el acelerador, si no clavo la paleta hasta donde dice: usted acaba de efectuar la clavada perfecta. Por la noche, tras un duchazo tibiado en la saudade del Ferrari: si estará pensando en mí como estoy pensando en él, tras el bye bye que dirige a la marquesina en la que el Ferrari está solo y espera, Benny se encamina a la habitación, tras volverse cuatro veces a dar al Ferrari miradas que traducen un que descanses, suspiradas las miradas y empalagadas con ternezas, arrumacos y puterías mixtas. Por la noche, tras ritualizar lo susodicho, Benny entra en la cama, se arropa y dice: feo, católico y sentimental: Ferrari nuestro que estás en la marquesina, santificado sea Tu Nombre, o sea que venga a nos el reino de tu motor y tu carrocería. Y man, perdona el pecado de correrte como si fueras tortuga, amén. Amén y es a voltear el corpachón para enfrentarse a la pared decorada con espejo sobre la que se recorta el cuerpo policromo, polifacético, polifónico, poliforme, polipétalo, polivalente de su Ferrari. Amén y es a voltear el corpachón boca arriba y exhalaciones impacientes porque la noche se interpone entre el Ferrari y él. Amén y es a voltear el corpachón hacia el gavetero, de nuevo hacia la pared, de nuevo hacia la lámpara que pende del techo, perturbado por un insomnio craso, amén y

LA MANO QUE juguetea con la fofa desnudez del cuerpo, desnudez asaltada por los accesos fáciles repartidos entre botón y botón del pijama, mano que se pavonea por el solar vacío que tiene entre las tetillas, la mano que caracolea por los chichos magros remanentes de la cintura, sobo y arrullo y juego del engaño porque no permite que la mano irrumpa en el altar ni roce ni acaricie al oficiante. Sobo y arrullo y mano que, de buenas a primera, invade la pubescencia: run run provechoso que se extiende hasta las bolas, la mano sensacionada asiste al nacimiento de un deleite retazado todavía. Deleite retazado avisado en la dureza mediana del oficiante. Oficiante que, ahora, se levanta y se cae como un borracho, se levanta y se cae como un borracho, se levanta y se estira y pone en pie como un huso: la erección completada. Benny, enviajado por fantaseos puñeteros, tomado por una bellaquera matadora busca el ejemplar del periódico *El Mundo* que colabora en estos menesteres. Benny vuela al lavabo porque revolucionario y otros mierderos es jalarse una puñeta con la mano mojada. Benny se entrega a un desvarío invocatorio, la mano alcanza la velocidad automotriz negada al Ferrari: Ferrari cromado, Ferrari cerado, Ferrari niquelado, Ferrari interceptado por los besos confusos de Benny, Ferrari roturado, Ferrari penetrado por el deseo de Benny, el depósito de gasolina desgajado por el deseo de Benny, por el oficiante de Benny, Ferrari ahíto de sémenes de Benny. Ayyyy o grito hacia dentro y la ascensión de Benny a una fiesta inigualable: una de las grandes venidas de nuestro siglo. La mano rendida por el millaje sacado al placer, la mano rendida agarrada al oficiante que se cae y se levanta como un borracho, se cae y se levanta, se cae y la convulsión y los latidos y un sueño que lo capea y lo invita.

O SEA QUE lo importante es que la juventud moderna tenga voz, que la juventud moderna está necesaria de oídos, los jóvenes tenemos material que decir, ideas del arreglo de la vida que los jóvenes tienen escondidas en el seso. O sea que los jóvenes tenemos un gran futuro en el porvenir. O sea que por ejemplo no es bien que todo muchacho de dieciocho años no tenga su maquinón. O sea que yo no digo que tenga un Ferrari que sería lo justo ya que uno no vuelve a tener dieciocho años que es uno de los problemas bien problemas. O sea pero que realísticamente hablando que tenga su Ford, que tenga su Toyota, que tenga su Datsun, que tenga su

Cortina, que tenga su Cougar, que tenga su Rambler, que tenga su Chevy, que tenga su Comet, que tenga su Renault: lo importante es que tenga su carro o su cacharro o su cascarita o su cascarito con cuatro ruedas. O sea que la rebeldía o la furia o la corajina son naturales porque ningún tineger puede pasarse sin la amistad de su carro o su cacharro o su cascarita o su cascarito. O sea que los jóvenes somos más jóvenes que los viejos. O sea que si se pudiera llegar a un arreglo para que los viejos fueran tan jóvenes como los jóvenes el mundo sería de otro empañetado: punto de vista incitante que revela la agudeza de Benny, punto de vista salomónico, no dudemos que su logro y adopción estremecería la farmacopea gerontóloga, haría anacrónico el vocablo envejeciente, jodería la industria cremosa de la Max Factor y la Clairol, reduciría a interés de bibliofilia antediluviana el libro último de la Beauvoir. El autor: te pido Benny que recapacites. O sea que si los viejos: técnica de disco rayado, ñapa para los críticos y los reseñistas.

BENNY MONOLOGA SIN aliento, conste que no es Belmondo, monologa, monolora: igual, como si fuera personaje de vida interior abultada, contradictoria, ambigua, negada tras afirmada. Benny, visto lo han y lo han oído, es personaje unidimensional: vínculos no hay con Emma ni con Carlos, no los hay con el Buendía más simplón, Lazarillo no es, Ana Ozores tampoco, menos Goriot o Sorel, ni un pelo de Robert Jordan, imposible un Usmail o un Pirulo. Benny unidimensional vive y muere por la justificación de su pereza, pereza que es vagancia al cubo. La familia, hijo único, place de gratificarlo por la pereza sustentada: familia consentidora, familia tongoneadora, familia amapuchadora. La familia, padre y madre, elude nombrar la pereza. La familia, padre y madre, alude a conflictos propios de la edad conflictiva, a tropiezos en el proceso de adaptación, a la hostilidad del ambiente, al surgimiento de un igualitarismo repugnante, cosas de muchacho travieso, travesuras de muchacho coso, amistades dañinas. La familia auspicia su indolencia para distraerlo de actividades a las que solamente sus relaciones particulares con las ramas judicial, legislativa y ejecutiva han impedido cárcel o malos ratos: familia empuñadora de la sartén por el mango y el mango también. Las juntillas, claro, las juntillas que: juntillas llama la familia al resto de la humanidad que comparte con Benny el planeta tierra; no olvidar que Benny, entre otras cosas, es un terrícola. Juntillas con las que armó, allá para febrero, el atentado que aquí se cronica, atentado que no excedió los límites del círculo familiar: somos o no somos gobierno, somos o no somos una de las familias prominentes del país, somos o no somos portadores de un apellido de primera, somos o no somos gente de sociedad. Por la rama Reinosa llegas al tronco de La Beltraneja, por la rama Alcántara llegas al tronco de Guzmán El Bueno: acto trinante de fe de Papito Papitín.

LA IDEA LA ideó Bonny, íntimo amigo de Benny. Convinieron los convenientes nada menos que Willy y Billy. Willy era amigo de Benny, Billy era amigo de Bonny. Amiguetes finalmente, Benny, Bonny, Willy y Billy. Benny, Bonny, Willy y Billy eran, además de Billy, Bonny, Willy y Billy, organizantes vitalicios de los ritos de iniciación de una fraternidad que era, además de fraternidad piscinatoria y cumbanchera, tabernáculo de la hombruna idiotez: repercutidos por los perfiles agrecados o narices exoneradas de chatura, los hijos de los padres cuyos padres fundaron las beneméritas pasaban el grueso de sus flacas vidas en el montaje y coreografía de tenidas azules en los que los aspirantes o frates mostraban la reciura de su carácter y su voluntad mediante pruebas rigurosas como eran la colocación del pasaje nalgado en barra de hielo, gárgaras de prístino orín, carreras en saco y desde luego: investigación de los pasados inmediatos y anteriores de los neófitos: alto al negro.

IDEÓ LA IDEA Bonny, íntimo amigo de Benny: aprovechar las sombras de la noche, aprovechar la indiferencia policíaca para reducir a escombros, para cenizar o convertir en ceniza las oficinas de los separatistas, lacra antisocial, las oficinas y los talleres donde se imprime y hace su prensa, envenenadora del sentimiento nordofílico. Explosivos, carga de dinamita, farmacéutico de derechas, reloj, comilona en pizzería. ¡Y qué bien que hicieron lo suyo! ¡Y cuánto que la risa les encalló las mejillas! ¡Y cuánto que burlaron y gozaron y fiestaron cuando la prensa, ulalá, en partecillo colocado en la página de las esquelas mortuorias, prensó que los incendiarios no dejaron huellas por lo que el atentado se investiga: *la vida es una cosa fenomenal:* versículo de la guaracha a todas horas.

SEGUNDA HAZAÑA PELIGROSA y achacada a las malas juntillas, pese a secreto bien guardado: la idea la ideó Benny: polvo por partida cuádruple, polvo celebrante del éxito de la bomba, polvo en el que sería empolvada una putona de fama grande porque jugaba billar y tenía un lunar de pelos en el pecho y lucía en los muslos de jamónica contundencia tatuajes artísticos de un barco naufragando entre dos olas. La Metafísica nombrada, La Metafísica ultrajante, La Metafísica insolente que sucia y descompuesta y coronela levantaba pesas los sábados. Puta que tenía en el cuarto una tabla con el peso de Muhamed Alí, Esteban de Jesús y George Foreman y tenía en el cuarto un gallo giro que preparaba para pelearlo en la gallera *La Buena Suerte* del pueblo de Fajardo. Puta valerosa que cobraba los polvos a la entrada y repetía —músico pago toca mejor. Puta retadora que, con una confianza temeraria y deslumbrante dejaba el dinero ganado en una caja de tabacos. A la vista descarada de todos: fuera muchachería desvirgosa, fuera el macherío experimentado, fueran los Tres Reyes Magos: a quien mire los chavos le rompo un brazo o le arranco el pescuezo. Así tronaba. Y machota, se frotaba los molleros. Uno a uno, los cuatro celebrantes, hicieron lo suyo, sin gracia porque la gracia era la sorpresa. No bien se encaramó Bonny en los muslos de jamónica contundencia, no bien sus muslos de pollo tropezaron con el barco naufragando entre dos olas, Benny irrumpió en el cuarto y gritó un *apéate* terrible. Apeado Bonny, contado luego entre ataques de risa, pusieron en el lugar consternado de La Metafísica, una barrita de estrellas lumínicas que hubo de convertirla, instantáneamente, en puta iluminada. Rabió, jadeó, escupió el recuerdo de ellos, de sus madres, abuelas, hermanas y demás parentela femenina a la que deseó final espantoso. La Metafísica, servidora de jueces y alguaciles, fue a la corte y pidió justicia para ella e indemnización para el negocio que hacía entre las patas. La querella fue desoída por juez desoidor y en lo adelante, la amistad de los cuatro jinetes del apocalipsis se vino abajo o recesó: consejo del concejo de padres reunidos para examinar la gravedad del acontecimiento: sepárense, por si los cala un camarón, por si los cala un chota. Y para acompañarlos en su pena: un carro a cada uno.

Y SEÑORAS Y señores, amigas y amigos, sientan en la carne que está dentro de la carne, es decir en el albondigón que nos humaniza mientras nos hacemos humanos, sientan la puntada de la guaracha. Porque señoras y señores, amigas y amigos, uno cierra los ojos bien cerrados y cuando viene a ver berrea de la contentura y de la altura a que lo ha encampanado esta ópera en tiempo de guaracha que es la guaracha del Macho Camacho.

EL PRIMO BOMBERO, discípulo de Jalisco y Jalisco, nunca pierde y cuando pierde arrebata, abandonó, también, el turno en la fila porque se le encendió la chispa que se enciende en estos casos; liviano, provocador, matador, mordiéndose un poco del bigotazo, fue a lo que siempre iba y a lo que siempre iba era a lo suyo. Con voz de dame lo mío Filomena, soltó lo que aquí se suelta: qué cosa mariposa, a los cinco ya tú me lo parabas. Peste a chulo tenía. Ella, divertida, como quien gira en un carrusel, le respondió, con arrobo interdental: bandido, hombre malo, aprovechado, muñecote. Y le cayó un mal de risa que el primo bombero aplacó con grajeo pulsado de la cintura: a los cinco y a los treinta. Desde el clandestinaje del bolsillo el primo bombero intentaba serenar los aspavientos del tolete. El primo bombero la empujó sin disimulos hasta una estiba de pavos plásticos: Thanksgiving en el horizonte. Ella, humedecida de labios, seductora, lo detuvo con un susurro cálido que invitaba a más grajeo, contradicción de contradicciones todo es contradicción: aquí no, sweetie pie, un pavo plástico como cinturón de castidad. El primo bombero le prometió un tumbaíto el jueves entrante: qué ratón vamos a pasar. Promesa que cumplió, con creces e intereses, en el Hotel Embajador de Cupey Bajo, frente a la represa. Ella alargaba el recuerdo y alargaba el buche de cubalibre en la boca y en la boca sentía el fantasma de otra lengua, de otras lenguas, lengua y ron en un ambos a dos, otro cubalibre por favor: a ella misma.

LOS APURAS CON apuro: sentenciará El Viejo cuando llegue, ¿que si sentencia por imperativo moral o cicatería? Nadie lo sabe porque es personaje autónomo, eso sí, la besa en la mejilla como si fuese su señora: patinado de la chola o sublimación o aduana de la mala maña, el maletín de piel de avestruz depositado en la butaca reclinable, dos dedos de ron en el fondo del litro. Los apuras con apuros: repetición o variación sobre tema a la Ravel o rasgo de estilo para comentar en tesis doctoral: anáfora. El Viejo observará la aventura del desorden: en el cenicero, junto a un colillero humeante, yace una lata vacía de salchichas; bajo el sofá se intuye el hocico de un zapato, el brasier cuelga de la perilla de la puerta principal; noticiero de una intimidad en la que se alberga la desnudez rasa de ella, las tetitas majadas con miel como prenda del juego que jugarán, en un gancho colgará la chaqueta y el pantalón en otro, que no se estruje, no, enunciados tomados y soltados como el balón del baloncesto, como bocadillos de drama, como obra en un acto para dos actores únicos, igualito que en el último drama de Tennessee Williams, pero en *Outcry* eran dos hermanos, como hermana y hermano vamos los dos cogidos de la mano, me besa en la mejilla como si yo fuese su señora y con la otra mano me aprisiona la cintura, regresa al pelucón rojísimo una crencha cimarrona, cuando El Viejo llegue.

A UN RELOJITO en el que viven dos rubíes fingidos que le envió su marido desde el norte: engatusarla, un aguaje para que a ella no le arañara la sorpresa. Si lo sabría ella: a ella le soplaron que su marido vivía en un basement con una chicana pero a ella todo plin. Psss. Otra mirada tierna a los rubíes que, a fin de cuentas, no son rubíes pero que bien imitan rubíes, bien que aparentan rubíes, bien que dan un palo, material sintético y qué: lo que importa es que aparenten: su fe es la apariencia, su religión es la apariencia, su slogan vital es la apariencia: el destino es un fandango y quien no aparenta es un pendango. Apariencia, fingimiento y pasemos a otra cosa. Cada lunes, cada miércoles, cada viernes, la película de las películas, Oso de Berlín, Concha de San Sebastián, León de Venecia, Oscar de Hollywood, tanda vespertina únicamente, filmada en el lugar donde los hechos ocurrieron, los hechos ocurren. Hoy, hoy, hoy: estreno monumental del monumental superespectáculo en radiante sexocolor *Las tetitas majadas con miel.* Tomas nunca tomadas. Olvide las simplezas exhibicionistas de Hedy Lamarr en *Éxtasis:* boberías. Olvide el virtuosismo bucal de Linda Lovelace en *Deep throat:* niñerías. Olvide la preferencia anal de Marlon Brando en

Last tango in Paris: antigüedades. Olvide la acostadera horizontal decimonónica: gente genésica. Adéntrese en la curvatura parpadeante de nuestra era, el posicionismo múltiple de nuestra era, el pluralismo erótico de nuestra era. Hoy, hoy, hoy: las nalgas gastadas del Viejo trepadas a caballito sobre la barriguita de ella, barriguita de bombín. Hoy, hoy, hoy: El Viejo, director de orquesta, hazme el solo de clarinete. El Viejo, mientras ella instrumenta el solo de clarinete, vocalista, con agudos: placer de los dioses, dioses del placer. Ella, mal educada, habla que te habla con la boca llena: pero usted. Él interrumpiéndola: cuándo me vas a decir tú, tutéame, tuteémonos, el tuteo es el atrecho, el ustedeo no va con el cameo, pideo y exigeo el tuteo que para eso pagueo, ¿bieneo?, monopolio de dientes, doble seis del dominó. El Viejo brinca como un cangurito. El Viejo es gracioso como un elefante. El Viejo gracioso como un elefante le fajó en el supermercado porque ella andaba pantalonada con unos jeans pegadísimos. Un Viejo me fajó en el supermercado, liquidadito el hombre, modelo de hombre pasado de moda, liquidadito pero con guille de levantador. Me voy a tirar El Viejo y el que gane que grite bingo: resolución tomada cuando El Viejo la siguió por todas las góndolas o escaparates o tenderetes del supermercado. Resoluta que fue pues va para seis meses que se arrancó con El Viejo. El Viejo la siguió y le hizo una guiñada, es

CUESTIÓN DE UNOS pagarés y el linolium y el jueguito de comedor que lo quiero de cromium:

pincela lujos menores como una mesita velador cubierta con tapetito bordado, con repollito tejido. No es que vaya a pasarse la vida con El Viejo, El Viejo le produce náuseas. Pero El Viejo le remite el chequecito verde de las esperanzas. Seis meses: tanto tiempo sujetá no le piace. La ventaja de estar sujetá es que se tiene la chaúcha sujetá. La desventaja de no estar sujetá es la obligación de amanecer todos los días a lo mismo: el lavao, el planchao, el cocinao. Por eso es que yo admiro a Iris Chacón: habla de la artista Iris Chacón y le da asma. Porque Iris Chacón no está sujetá más que al impulso bailotero de su cuerpo. Por la noche sueña que la artista Iris Chacón, envuelta en emanaciones guarachiles, viene a buscarla: quedito, callandito, secretera, la artista Iris Chacón le dice. Nunca sabe lo que la artista Iris Chacón quiere decirle porque despierta, ay deja eso terminados los pagarés y si te vi ya no me acuerdo. Las cinco y: y qué más da, los pies conjuntan una bullanga como si el eructo fuera la luz verde para el brincoteo, el eructo o la acojonante guaracha del Macho Camacho *La vida es una cosa fenomenal,* guaracha que le prende el fogón a los que no están en nada. Los pechos golpean las costuras del brasier, ricamente nervudos aunque amasaditos en la base. Las caderas se dejan caer en remolino y la cintura las recoge en remolino. La cabeza dibuja uno, dos, tres círculos que se corresponden con los tres chorros de ventosidad regocijada que expelen las trompetas; una alegría ceremonial, culto oficiado en cada rincón del cuerpo, cuerpo elevado esta tarde a templo del sudor con nalgas briosas como ofrendas ovaladas y tembluzcas. Recordaba:

UN MANOSEO DE uvas plásticas: puestas dentro de un boul de cristal se ven lo más nice. No, no era la única mujer en pantalones, aunque los suyos, blanquísimos, se pegaban, se ajustaban, con poca, qué decir, poca prudencia. Poca decencia —rezongó una de las cajeras, protegida por la blusa solemne que diseñó la esposa del norteamericano dueño de este supermercado y muchos otros, una bostoniana cachanchana, miembro prominente de los grupos *Clean,* mormona, a la que espantaba y ponía a solicitar médicos y sales reconstituyentes la proclividad sexual del antillano: dirty bunch they are. Recordaba, trepa la derecha sobre la izquierda: piernas. El Viejo se pasó las manos por la cabellera blanca, con un gesto de estudiado desinterés, perfeccionado en la intimidad de su ropero de dos lunas. Con el mismo gesto de estudiado desinterés, se engafó, desbrochó la guayabera de hilo blanco, para que un cartelito de virilidad con texto de pecho atlético le hiciera la vanguardia, curioseó su apariencia en una de las vidrieras gigantes y entró en el supermercado a tiempo para verla doblar el recodo de las manzanas de Pennsylvania; ella lo vio antes, ligona, pendiente a la machería siempre, dudaba si comprar una pasta de guayaba o una pasta de naranja o una pasta de batata, cuál iba mejor con el queso blanco: ahí justo, en el lapso de tiempo inmerso en las dudas saetadas por el queso mismo, lo descubrió, cuando se enfrentaba a uno de los grandes dilemas de su existencia: maridar un dulce empastado con el Queso Indulac. Muchos años después, porque años le parecían, frente al pelotón de fusilamiento, porque fusilamiento y no otra cosa era la aceptación de que El Viejo la poseyera, El Viejo le dijo que se dijo cuando la vio: una hembrita es una hembrita, es una hembrita, el carrito surtido de galletitas finas, un tarrito de alcachofas finas, varias latitas de ostras ahumadas finas, latas de salchichas finas, jamón picao fino, sidra fina. Muchos años después, porque muchos le parecían frente al pelotón de fusilamiento y no otra cosa era la aceptación de que El Viejo la poseyera, ella le dijo al Viejo que se dijo: nnnnnmmmmm. Y planeó una estrategia rápida de conquista: esperó que El Viejo cruzara, pavo que se pavonea, frente a la nevera de las chinas de Florida para dar un grito llamativo de atención: oiga, a una cajera, ¿las Campbell están en especial?, más guerrero el grito que el Santiago y cierra España, solariega, chillona, pueblerina, una Campbell Vegetable Soup como pendón belicoso. Explosión popular la tuya, savia y entraña de la tierra mía, clarinazo a mi núbil corazón, el vendaval de tus besos: dijo El Viejo semanas después. Ella pensó, milésima ocasión: este jodío hombre habla en griego.

ESPERA DESCALZA, FERVOROSA, cree que los zapatos imponen la vuelta a la calle por un instinto andariego requedado en cada suela: aprendido en el Horóscopo Semanal que publica en la prensa de todo el continente el Profesor en Ciencias Ocultas, Narciso Liquiñaco, ocultista que aprehendió el dato mediante el estudio del relincho de las potras nacidas bajo el signo de Escorpión. El Horóscopo prestigió la noción de que el fuego fatuo del amor entra por la planta de los pies: el sujeto amatorio debe descalzarse para bien auspiciar el divino suceso: ella, hambrera de misterios, minga de las carambolas, escribió una carta extensa de pliego y cuarto al Gran Hierofonte Walter Mercado en la que le suplicaba luces astrales sobre el curioso dato con potras y relinchos. Pero el Gran Hierofonte nunca le contestó. ¿Raptaría la carta el rabo del cometa que también raptó a la vieja en camisa? Cosas hay que no llegan a saberse: el misterio del mundo es un mundo de misterio: cita citable. Corrección: ella, previo a descubrimientos y estrategias rápidas de conquista, lo vio descender de un maquinón que paraba los pelos. Mi Mercedes —dijo él, las orejas enhiestas, maquinón de maquinones: ella piensa que pensó. Para dar tiempo a que el amo del maquinón de maquinones inspeccionara si había dejado espacio a los lados, para dar tiempo a que el amo del maquinón de maquinones cruzara con una rítmica especifica dijo él, con un pasito cachendoso dijo ella, la boca de ella procuró hallar un poco de espacio en la vidriera monumental del monumental supermercado: por razones de distancia y clase a ella le correspondía comprar en otro lado pero: listilla, sabidilla, trepadorilla, prefería hacer su comprilla en el monumental supermercado donde se apertrechaban de comestibles los ri y los que tenían sus pe en el ban, ella dijo que pensó: aunque me gaste dos pe en un ta. Procuró hallar un poco de lugar sin la interrupción de los anuncios de los especiales de la semana: jamón de Virginia, papas de Idaho, uvas de California, arroz de Louisiana, carnes de Chicago, manzanas de Pennsylvania, chinas de Florida. Aguzaba la boca, un piquito tacaño y acalorado, tacañísimo, un eructo bizarro le vino. Pero el empeño resultaba inútil. Una ni se ve —masculló ella, achinando penosamente los ojos, chinos siempre, en un intento definitivo por precisar los lindes del crayón descuartizado. Con un gesto de rabieta insuperable, cerró la cartera. Otra acción realizada fue cagarse en la madre del diablo. Otra acción realizada fue detener un rolo que bajaba por la oreja. La cartera era negra, rectangular y blanca y tenía la ventaja de que podía combinarse con pantalones negros, rectangulares y blancos.

LAS FRUTAS PLÁSTICAS puestas dentro de un boul grande alegran la mesa y se compra un mantel plástico que imita encaje y cogen una apariencia que hay que tocarlas porque parecen bajadas de los palos, como las flores artificiales que uno las rocea y aparentan ser flores cortadas del jardín. Un jueguito de cromium, un linolium, jueguito de cromium o algo más presentable, imitación caoba, imitación cedro, imitación lo que sea: lo importante es que aparente y que lo pueda pagar a plazos cómodos: tres préstamos tengo en tres financieras y le pedí a Faíco el Berrendo cuarenta pa cincuenta: préstamos para comprarme las pelucas en el Finitas Fashion que se cree que tiene el ventorrillo en el Condado. Y los cuarenta para pagarle el set de pantalones que me hizo La Paloma una mariquita muda que cose divino, descontado que hay que sacarle la mano de la caja de las lentejuelas. Tal vez en las Mueblerías Mendoza, el que compra en Mueblerías Mendoza de más facilidades goza. Las cinco y no viene. Salgo de deudas y lo mando a que se. Un mes más y. Ella pensaba que te pensaba que te piensa: irme de artista con el nombre de La Langosta, y hacerme famossssa y dar opinionessss y firmar autógrafossss; pero tengo que mejorar la letra. Yo empezaría hasta en un cine meaíto donde hay que enseñar los pelos. Atrevida, ambiciosa, excesiva: ¿cuánto me apearía Iris Chacón por montarme los pasos de la guaracha del Macho Camacho? Si se vuelven ahora, recatadas la vuelta y la mirada, la verán esperar sentada: la mirada viajera: para pagarme la ropa de vedet tendré que tirarme unos machos en La Marina. A lo mejor el sábado. No tendría que abrir las patas si Doña Chon tuviera. Pero Doña Chon es una derrotá igual que yo. Cara de ausente tiene y cuerpo de desconcierto.

Y SEÑORAS Y señores, amigas y amigos, si esta Discoteca Popular que se transmite de lunes a domingo, de doce del mediodía a doce de la medianoche por la primera estación emisora o primera estación difusora del cuadrante antillano tuviera tele tele ustedes iban a ver lo que es un microfoniático chupado por el son chuchinesco y el cheveresco sabor que ha hecho época.

BOMBA EN LA Universidad: un bombazo propinado por el puño diestro de Muhamed Alí no surte el efecto abrumador que surte la noticia en el ánimo de. Mandíbulas que se guarecen en la antesala de la catatonia, ojos encabritados, nariz sísmica: el rostro senatorial. Y el torso: una guazábara, manada de latidos, punto de taquicardia. Solicitar, encarecer, rogar mil perdones por la interrupción anterior. Dos mil perdones no saldan, no abonan la deuda por la interrupción, maldita, de la arrebatación del momento, la arrebatación surca el cuadrante; arrebatación que avisa, arrebatación que recuerda que la vida es una cosa fenomenal. Bomba en la Universidad: lo que faltaba. Pero son los mismos. Bela Lugosi, Frankenstein, El Monstruo de la Laguna Negra, hermosos varones si se tolera la comparación con. Jurado que son los mismos: los fupistas, los fupistas, los fupi, los fupi, los fu, los fu, los f, los f: burbujas hace con la consonante como un bebé congestionado. Indignado: pero, pero si, pero si no, pero si no hay, pero si no hay que, pero si no hay que investigar: la oración segmentada por duchazos de rabieta. Pero si no hay que julepear, pero si no hay que gatear por entre los entresijos de un proceso, pero si no hay que permitir que la Comisión de Derechos Civiles estropee y desfigure con su pelea monga la claridad meridiana de los acontecimientos. Ira en allegro, ira molto appassionata, ira que lo empinga: pero no sé cuántas veces he hablado el asunto con los excelentísimos miembros del excelentísimo Consejo de Educación: en los vestíbulos de los Bancos que presiden, en los cócteles de las Industrias que manejan, en las popas de los yates que adueñan, en el ocio entumecedor de las islas estivales de Saint John y Caneel Bay, en las zambullidas de la playa privada del Hilton, en las comilonas del Cerromar; botar a los fupistas, ahogado con copa de Pommard blanco de la cosecha del cuarenticinco, botar a los fupistas, atosigado con el Chivas Regal bebido en sorbo único, botar a los fupistas, aturcado por la cordial magia enemiga de un Grand Marnier, botar a los fupistas: ojos de pescado frito, hocico de puercoespín, lomo de rinoceronte: descabezarlos. Cantar de gesta: portones universitarios que se abren para recibir a la Fuerza de Choque, a la Guardia Nacional: fanfarria del Anchors Away My Boys, fanfarria del From The Halls of Moctezuma, fanfarria del Over Hills. Y si corre la sangre que se seque y que se limpie. *El Mundo* está con nosotros, *El Nuevo Día,* ni hablar, Viglucci está con nosotros, A. W. Maldonado está con nosotros, los cañones están con nosotros.

PERDONES, MIL PERDONES, cinco mil perdones no pagarán el precio tamaño de otra interrupción pero interrumpimos para comunicar que, según la opinión opinionísima de observadores imparciales imparcializados, la bomba de alto poder destructivo que estalló en la Facultad de Ciencias Sociales de la Universidad de Puerto Rico no fue colocada por los estudiantes políticos, agitadores, extremistas de siempre dado que la bomba de alto poder destructivo estalló en las oficinas de los profesores políticos, agitadores, extremistas de siempre. En añicos, en reguerete desparramado, en constelación de cantos: efigie de los barbudos Betances y Hostos y De Diego; la bandera puertorriqueña fraccionada en trapería roja y blanca y azul; los discursos de Albizu Campos ennegrecidos por la chamusquina. Extra: el Decano de la Facultad de Ciencias Sociales ha solicitado una investigación, el Rector de la Universidad de Puerto Rico ha solicitado una investigación, el Presidente de la Universidad de Puerto Rico ha solicitado una investigación, el Presidente del Consejo de Educación Superior de Puerto Rico ha solicitado una investigación, el Presidente de la Cámara de Representantes de Puerto Rico ha solicitado una investigación, el Presidente del Senado de Puerto Rico ha solicitado una investigación, el Gobernador de Puerto Rico ha solicitado una investigación. Señoras y señores, la bomba se investiga. Amigas y amigos, por tratarse de una bomba que si patatín que si patatán, la investigación de la bomba no tomará un año, la investigacion de la bomba tomará muchos años. El Senador Vicente Reinosa —Vicente es decente y razonado hasta la muerte— recuesta la cabeza sobre el volante. El fracaso temporero de su epopeya de sangre lo desinfla. Vuelta y vuelta, como un cirquero derrotado, recoge en cubetas la sangre acariciada: de las cabezas molidas por la libertad de las macanas, de las caras momificadas por la fraternidad de las macanas, de las espaldas corcovadas por la igualdad de las macanas. Vuelta y vuelta, como un archivero de orquesta, recoge la partitura para pechos percursores: hematomas, moretones, cardenales. Vuelta y vuelta, como un evangelista desahuciado, se traga las palabras ensayadas: porque el orden clamado en las urnas, porque el espejo de la ley, porque demósticamente hablando, porque el socialismo ateo, porque el terrorismo de las ideas, porque no pasarán, porque por qué

PROMESAS DE CAMPAÑA electoral: que los buitres y las auras tiñosas innominadas vilipendien mi postrera forma si este hombre que hoy les habla, Vicenteesdecente, Vicenteesdecente, Vicenteesdecente: cohetes unísonos elevados por el Comité de Damas con Vicente. Si este hombre que hoy les habla no consigue la ansiada paz en la Universidad: el dedo infamante, el dedo inflamatorio: los mercaderes del templo echemos: mingos de moscovitas, el compadrazgo con Mao, fámulos de Fidel: sulfurado, necesitado de vaso de agua, repercutido por la bravura de los aplausos y los comentarios que titilan en el cielo de las bocas: ése es, no hay pa más nadie, tres veces inteligente, agarrado a la verdad como a un bollo de pan, ése es, las caras destornilladas como muñecones de guiñol. Promesa de campaña electoral: traer al terruño amado, traer al lar borincano, traer al batey puertorriqueño, traer a la tierra favorita de Dios la paloma de la paz: Vicenteesdecente, Vicenteesdecente, Vicenteesdecente. Promesa de campaña electoral: la liquidación definitiva de las formas nacionalistas, aislacionistas e independentistas. Recholera la negra adelantada: traigamos el estado cincuentiuno que pa eso somos jamericanos: aleluya zarrapastrosa, con ascensión de brazos que manifiestan apoyo y vuelta y vuelta el Vicenteesdecente, Vicenteesdecente, Vicenteesdecente. Promesa de campaña electoral: qué bromaza ésa del hombre insular, del hombre de este país: el potrero en estampida, jaleo en las cajas torácicas: mueran los independentistas, la negra recholera adelantada se sueña del brazo de George Wallace y Betsy Rose. Redondea el orador: qué tomada de pelo el hombre puertorriqueño cuando en el extremo alter está el hombre universal, el ciudadano del globo, qué simpleza el localismo, la necia limitación: Vicenteesdecente, Vicenteesdecente, Vicenteesdecente. Sacado en hombros, sacado en río de vítores, sacado en las primeras páginas de la prensa de este país: de tú a tú con el Che Perón y el Rey Faisal, peleándole el recuadro central al temido asesino Toño Bicicleta: helo aquí que viene saltando por las montañas el ¿futuro gobernador?: go especulativo de columnista influyente que en el reparto de papeles del gran teatro del mundo se asignó el papel de Vate: vate totémico en el pronunciamiento de sus acertijos: ¿futuro gobernador?: recorte recortado y pegado en scrap book y contestado con pluma Parker y ambición delatada por una grafología tiesa como un bofetón en la cara: sí.

SÍ, SÍ, SÍ: como novio que reitera el asentimiento hasta parecerlo al hambre, sueño diurno de
mando, sueño nocturno de mando, una pupa la ambición que lo corroe, ambición mimada y mudada de
culero con la industria de una hormiguita, ambición
cultivada mediante actos de gentileza espumosa:
un cómo está la nena espetado en el corazón move-
dizo de padre primerizo: qué criatura hermosa, qué
precisión de rasgos, merece la menina un retratista
del siglo diecisiete; cuántas idas a la Funeraria Eh-
ret, cuántas idas a Puerto Rico Memorial y a Buxeda Funeral Home, cuánto pésame dado con el rostro
tormentado: trance pungente éste que padecemos
pero aliviado el mismo por la certeza de que en paz
descansará, samaritano como fue y otras etcéteras
transidas; cada apretón de manos un voto computa-
do, golpecillos en la espalda a un idiota importante,
hambre de verlo tenía a un talentudo oficial, su ver-
ticalidad es faro rutilante en el mar proceloso de la
vida a un magistrado a quien se le llena el tanque
de adulación y arranca divinamente, perito del botón que estimula esta debilidad, cirujano del halago imperceptible. Sí, sí, sí: en campaña permanente: sácala la brújula al viéntolo y sábela dóndela só-
plala.

EL SENADOR VICENTE Reinosa —Vicente es
decente y su meollo es esplendente— mira a los rei-
nos de los cielos, después versicula: la campaña me
costó un cojón completo y la mitad del otro: a duras
penas levanté un capitalito, capitalito tambaleante
levantado a través del calvario petitorio: cuál políti-

co honesto no tiene andado el Getsemaní: rifas de automóviles, banquetes de a cien dólares cabeza, maratones televisados, premiere insular de la alentadora película *The green berets* protagonizada por las balas canonizadas de John Wayne: suspirosa su alma buena. Descartada mi persona, la única que no importa, importa el cúmulo de voluntades: Damas. Por La Reelección de Vicente Reinosa, Jóvenes con Vicente, Amigos de Vicente Reinosa: olas de cruzados, olas de membretes adheridos a olas de automóviles, olas de membretes con olas de cuñas, con olas de leyendas alusivas a mi talento y bonhomía: Vicente es decente y buena gente, Vicente es decente y su conciencia transparente, Vicente es decente y de la bondad paciente, Vicente es decente y con el pobre es condoliente, Vicente es decente y su talento es eminente, Vicente es decente y su idea es consecuente, Vicente es decente y nunca miente, Vicente es decente y no ha tenido un accidente, Vicente es decente y su carácter envolvente, Vicente es decente y su verbo es contundente, Vicente es decente y su honor iridiscente, Vicente es decente y su hacer es eficiente, Vicente es decente y su estampa es absorbente, Vicente es decente y su mente omnipotente, Vicente es decente y nació inteligente, Vicente es decente y respeta al disidente, Vicente es decente y su entraña fluorescente, Vicente es decente y su razón es excelente, Vicente es decente y su meollo es esplendente: olas de cuñas publicitarias ensartadas por la admiración de una inteligencia admiradora de la mía. Falso, cuñas de su única invención y único aprecio aunque mintiera la autoría y el recoleto anonimato con mirada santurrona y túnica floreada de pudores y recatos.

MENOS MAL QUE la estudiante, pongamos que se llama Lola, se colocará en el carril exterior de la vía derecha, lo que supone o hace suponer que en la luz próxima doblará a la derecha. Si el Senador Vicente Reinosa —Vicente es decente y su dignidad creciente— sigue y persigue a la estudiante, pongamos que se llama Lola, bordeará la zona portuaria, observará las maniobras marítimas de la nova armada invencible, contaminará su almario de granadas pestilencias, cruzará el cruce de Bayamón a Cataño, llegará en volandas a Punta Salinas, por un callejón arenoso entrará, en algún cubujón estarán el carro y la estudiante, pongamos que se llama Lola, como un fauno bellaco esperará, esperará verla emerger como Venus de la espuma, esperará que los muslos de la estudiante se le escapen como peces sorprendidos: mala cosa si le da a la intemperie la gripe lorquiana, toserá completo el *Romancero gitano*. Visión dantesca consumirá, visión merecedora de un Canto de Maldoror, una vida imaginaria de Marcel Schwob, un nuevo informe de Brodie: la peluca de la estudiante, pongamos que se llama Lola, colgará de un uvero, las tetas del burlesco *Mother of eight* colgarán de un arbusto de hicacos. ¡Extraordinario, colosal, asombroso!: Lola no es Lola, Lola no es Lolo, Lola es Lole: un mariconazo hormónico y depilado. Cámara rápida, movimiento adulterado por la rapidez funambulesca, chaplinesca, tatiesca, totoesca, cantinflesca, agrelotesca, correrá y correrá y correrá.

TAN MACHOTE QUE asusta, mira que te mira

a la estudiante, agresivo el pecho que saca adelante para que la barriga se meta para atrás, mira que te mira que te mira, olvidado del relajo ensordecedor, olvidado del delirio de relajos, olvidado del guaracheo que atesta los viales de parejas: el genterío se ha bajado de los carros, el genterío ha declarado este miércoles como día nacional de la guaracha, el genterío se remenea cuando corea *la vida es una cosa fenomenal*. Oficial, oficial el diagnóstico: la peste de la guaracha ha tomado el país de punta a punta: nadie escapará a la peste de la guaracha del Macho Camacho. Oficial: la guaracha del Macho Camacho es epidemia. Mira que te mira que te mira el reló, considera que te considera que te considera si le da tiempo a seguir y perseguir a la estudiante y añadir otra presa a su animal insomne. El Senador Vicente Reinosa —Vicente es decente y su moral es persistente— tras pensarlo y pensarlo.

Y SEÑORAS Y señores, amigas y amigos, el son sabrosón y dulzón me acribilla como los va a acribillar a ustedes, se me van los pies, se me van los pliegues del torso, se me engoza el sudor porque la guaracha del Macho Camacho vino para quedarse, vívelo Mamita el baile, vívelo como me abajo y me asubo.

SE ESCUPE DE maneras mil: Graciela Alcántara y López de Montefrío desconoce el catálogo del escupir puertorriqueño ordenado por un escupirólogo importado de la Universidad de Harvard con el fin de catalogar el escupir puertorriqueño: gargajo o salivazo imperial que despoja la garganta de flema, ruidosa la emisión; saliva espontánea que se escupe de golpe, emisión mediotónica; salivita de hechura acuosa que se dispara por entre los dientes, emisión de regadera. Graciela: el pobre y el rico, el hombre y la mujer, a todas horas, en la ocasión inesperada, en la galería refrigerada de la Plaza Las Américas lo ve, en el café parasolado Las Nereidas lo ve: escupir, costumbre desclasada de país desclasado: Isabel y Fernando nunca debieron. Los ojos examinan, con dedicación de moscas, el Rodón heroico que abarrota una pared: niña o mujer con mirada de dulzura antigua y enigmática, niña o mujer con atavío de lazo grande y verde: yo quisiera llenar unos espacios sobrantes con cosas de aquí, también los del patio son hijos de Dios: democrática, bien maquillada, objetiva, algo de ese Homar, algo de esa Myrna

Báez, algo de ese Martorell: pero son tan trágicos que si los coloco en el comedor quitan las ganas de comer, que si los coloco en los dormitorios quitan las ganas de dormir, que si los coloco en la sala quitan las ganas de charlar. Desde luego, quedan siempre los pasillos. Pero en los pasillos cuelgan los tapices traídos de Amalfi. Desde luego, queda siempre el gran foyer. Pero en el gran foyer he colocado los aparadores que albergan la colección numismática de mi esposo. El Rodón heroico: niña o mujer con crenchas difuminadas en melao. Llenar los espacios sobrantes con viñetas en porcelana de Sevres.

COMO HELLO EN la distancia a nuestra luna de miel en Guajataca. Como homenaje a la eternidad de nuestro amor acunado en la luna de miel en Guajataca. Aclaro, cuando a Guajataca iba la crema y el riesgo de encontrarse con una costurerita o espécimen de mensura parecida era imposible. Como hello en la distancia, *eso* se realiza para nuestro aniversario o en día en que, por motivo de alguna festividad, mi esposo se permite el exceso licorero que promueve tales desmanes: de algún senador americano a quien el Comisionado Residente en Washington nos ha encarecido agasajar, algún manufacturero de Georgia que quiere aprovechar nuestra exención de impuestos, algún publicista de Wall Street: datos, cabos sueltos, hints, la exposición íntima la intimida, comedora de cigarrillos es. La intimida pese a que el doctor Severo Severino vaselina las consultas con el charme propio del salón de Madame de Recamier: debut en el American Ballet de Alicia Alonso, los desnudos que Gabriel Suau nunca enseñó, los escándalos de Norman Mailer, el Tamayo que Rafi Rodríguez compró, la plástica que se hizo Consuelo Crespi, el montaje de Visconti para la Scala, los escritores de Fire Island, las esculturas metálicas de Edgar Negret, los pretty people de Judy Gordon, el Buñuel último, la mamá de Borges. La intimida pese a que el doctor Severo Severino vive su profesión siquiátrica con una deportividad de chulo de la neurosis, cosido y remendado con carretes de dulzura, cosido y remendado con carretes de tolerancia, untado con mantequilla de comprensión. El doctor Severo Severino ve, descubre, sorprende un gesto, un rictus, un ataquito de cólera en la boca de Graciela Alcántara y López de Montefrío cuando, por entre el mohillo invisible de las bisagras, se asoma, zigzagueante, la guaracha del Macho Camacho: guaracha que mi servicio ha convertido en himno, orillero, repulsivo, populachero.

LUNES, MARCÓ EL día lunes en el calendario porque el Gran Hierofonte Walter Mercado predijo disgusto familiar para los Virgos. Lunes era y estaba en la espera desesperada de que el mediodía estrangulara la mañana y la tarde estrangulara el mediodía y la noche estrangulara la tarde y la noche se cerrara sobre su cansancio que no era cansancio pero sí hastío y aburrimiento. Lunes era y mecía pena y alma en el sillón de Viena, mecía su amorío por Chopin cuando la guaracha del Macho Camacho *La vida es una cosa fenomenal* se metió en su casa con la fuerza de un río desbordado. Violenta, indignada, irritada, llamó al servicio por sus nombres, Chucha, Jacinta y Josefa y puso la guaracha del Macho Camacho *La vida es una cosa fenomenal* en cuarentena: himno orillero, himno repulsivo, himno populachero. Escojan: la guaracha o yo. Llegado el esposo, el esposo se molestó por lo que consideró juicios precipitados, carentes del estudio somero a que se somete todo juicio valorativo: de eso yo sé, miembro de treintitrés comisiones asesoras de lo legislativo y veinte comités asesores de lo ejecutivo. En dramático olor de procerato le recordó que ese pueblo orillero, repulsivo, populachero, le dio el pupitre en el Senado. Porque su zona de acumulación electoral se constituía con las barriadas orilleras, repulsivas, populacheras, las mismas que ella debería visitar en labor cívica de rescate social y amor prójimo, acompañada de Pipo Grajales, Edi Crespo o José García, fotógrafos del *San Juan Star.* Graciela lloró. Lloró como una Magdalena. Lloró como una criatura desconsolada. Lloró como una huerfanita. Graciela dijo que el servicio valía más que la señora de tantos años. Graciela dijo que si la viuda de su madre viviera se iba de la casa. Graciela dijo que ella no se refinó en Suiza nevada y pura para volver a la isla a recibir mal trato. Graciela dijo que qué se había creído él. Graciela se encerró en la alcoba matrimonial, echó pestillo y lloró como una Magdalena, lloró como una criatura desconsolada, lloró como una huerfanita.

Chucha, cocinera integrante de la comparsa orillera, repulsiva, populachera, llamó a la puerta de la alcoba matrimonial: Doña Graciela, que perdone que la moleste pero que los macarrones rellenos de pasas y guisados con salsa de setas que se comen con berenjenas rellenas de ciruelas pasadas por huevo batido se van a enfriar. Entre lagrimones, entre halones de pelo, Graciela contestó: a mí qué me importa que los macarrones rellenos de pasas y guisados con salsa de setas que se comen con berenjenas rellenas de ciruelas pasadas por huevo batido se enfríen: el registro vocal altísimo. Mi esposo durmió en el sofá tras ordenar a Chucha que dispusiera a su antojo de los macarrones rellenos de pasas y guisados con salsa de setas que se comen con berenjenas rellenas de ciruelas pasadas por huevo batido. La mañana siguiente, el esposo, magullado, angulado, porque el sofá doblaba en una esquina y no podía contener un cuerpo recto, llamó a la alcoba matrimonial: para pedirme perdón, para regalarme el permiso para comprar doscientos dólares en perfumes.

GRACIELA LLAMÓ A Alice y le preguntó si el Vogue Souvenir era de Jean Patou o de Guerlain. Alice le contestó que no sabía pero que Jean Patou y Guerlain destilaban unos aromas más destilados, en cambio Coco Chanel. Pero no terminó porque tengo que volar a desocupar el teléfono porque la nena debuta mañana en el Villa Caparra y ha llorado como una huerfanita porque no tiene parejo y el único parejo *available* es un muchacho feón, feón y con la cara dañada, feón y con la cara dañada y las uñas comidas. Le dicen Ico el Feo y la Nena está aterrada de que la bauticen con el nombre de Ica la Fea. Y colgó. Graciela llamó a Susan, Susan llamó a Maureen: el Vogue Souvenir no era ni de Jean Patou ni de Guerlain ni de Coco Chanel: Maureen no sabía de quién era pero sí sabía de quién no era. Graciela llamó a la Mamá de Sheila. La Mamá de Sheila preguntó por qué no el Bellodgia de Caron o el Ecusson de Jean D'Albert. Graciela llamó a Joanne. Joanne sugirió un estuche de Shalimar, un estuche de Chamade, un frasco de Narciso Negro. Graciela se fue a la Perfumería del Monte Mall y se enteró por la boca autorizada de una perfumista cubana de que la pobre María Antonieta fue a su cita con Monsieur Guillotin empapada en fragancias de Houbigant: fue regia hasta lo último para dar lección de higiene seductora a los apestosos de Robespierre, Danton y Marat: en La Habana, cuando iba al Contri y se rumoraba que Fulgencio iba yo me ponía Shalimar en las piernas, Narciso Negro en la combinación, Christmas in July en el busto y Madame Rochas en la cara.

PERFUMES HOY Y fraccionado el hoy: perfumes hoy por la mañana; vestidos ayer sólo: la boutique de Marysol, la colección invernal de Fernando Pena, la boa en marabú de Rafaela Santos; joyas mañana: un ópalo montado en el vacío, una ajorca en ojos de tigre, el pendantif en lapislázuli. Enseguida: derrota de los entusiasmos, derrotados los entusiasmos por el anhelo permanente de no hacer nada: tenderse en la cama, tenderse boca arriba, ceremonia el abandono de las piernas, ceremonia el abandono de los brazos, ingrávida torcaza, tendida y reducida a cintura que descansa. Hacer nada: regresar a la cama por una rendija que apenas si es rendija: mínima abertura, sonambular, reparar en el volumen de la infelicidad, amamantar la infelicidad, cantarle una sentencia: el dolor de nacer mujer. Posesiona la oración como si fuera un cuerpo. Fuma, fuma otra vez, fuma muchas veces. El Doctor Severo Severino mira el humo, remira el humo, la desaparición del humo empuja su sensibilidad a ordenar asteriscos reflexivos sobre el humo: somos humo, somos humo, somos humo: repetido, repetido. ¿Intentó burlar el tedium vitae mediante su incorporación a clubes cívicos?: la mirada contratada por la huella del humo. Graciela Alcántara y López de Montefrío desguarnece la sonrisa: sí. Y en el último fue miembro integrante del Comité Para El Diseño del Traje Típico Puertorriqueño: abandonó el Club enojada porque su diseño fue rechazado, diseño que exoneraba el traje típico del lastre de volantes y camándulas. Porque era un diseño de gran vestir: traje sastre de cuello cerrado en piel de becerro manchado: triunfo del gusto cosmopolitano sobre el lelolai: mueran las gardenias, mueran las amapolas, mueran las faldas de campana. Mrs. Cuca White, Mrs. Pitusa Green, Mrs. Minga Brown, Mrs. Fela Florshein, cuarteto cimero de la delicadeza, reconocieron las ventajas del traje sastre de cuello cerrado en piel de becerro manchado pero, con pesares engarzados en besuqueos, objetaron el material de confección: el sol cumple aquí una vendetta impía, la transpiración excesiva podría reforzar la tesis de la sangre nuestra mezclada con leucocitos, hematíes y plaquetas de intolerable africanía. No, no urdió excusa o razonilla para darse de baja, para salir en estampida como una Scarlett O'Hara. Pero, salió de la Casa Club herida de muerte: lloré como una Magdalena, lloré como una criatura desamparada, lloré como una huerfanita. Pobre pobrecita exclamado con pena penita por el Doctor Severo Severino. ¿Cultivó la asistencia y el patrocinio de actividades renovadoras como los conciertos anuales del Festival Casals?: la música nos muda a las esferas celestiales donde mora la Diosa Pureza. Además, las noches del Festival Casals son noches de cielo caído: ¿quién olvidará la osadía deslumbrante de Camile Carrión y su escote abismado hasta el rosal inferior de la espalda por un vestíbulo en el que reinaban, con igual prestancia, una Cobián, una Valdés, una Rocafort?: entusiasta, entusiasmado, entusiástico.

FESTIVAL CASALS CULTIVADO, pasatiempo Trivia cultivado, pasatiempo Botticelli cultivado. Pidiendo el autógrafo a Pablo Casals, Pablo Casals mansionado y lamido por el gobernante de turno: gritando alegre con el recuerdo de la última película de la Garbo, o la primera película de la Bergman para Rosellini, o el actor principal del *Ángel azul* original; oyendo chillar el otro nombre de *Las lanzas* de Velázquez, oyendo preguntar por *Las señoritas de Aviñón*, oyendo preguntar por el Duchamp en el Museo de Chicago. Todo, todo, todo, crisis, crisis, crisis: llamada del esposo: *Dear,* llegaré tarde, redacto la resolución de apoyo a nuestra presencia gloriosa en Vietnam, ella chilló como una ratita a la que le pisan la colita: estas paredes se me caen encima, me mudaste a estas montañas para volverme loca, ahora entiendo tu satánico plan, suburbios ni suburbios, yo quiero volver a Punta Las Marías, yo quiero volver a Garden Hills, yo quiero volver al Paseo de Don Juan, nunca usamos la piscina, nunca ofrecemos un pool party, nunca usamos la terraza que abre a la plantación de orquídeas negras, nunca usamos el gran comedor de gala, nunca nos deleitamos con la contemplación de tu colección numismática, nunca comemos sobre los manteles tejidos en Bruselas, los manteles de Bruselas se marean en los arcones, nunca vamos a ningún sitio, cuándo se nos ha cronicado en la columna de Judy Gordon, cuándo Judy Gordon ha dicho que somos *pretty people,* o que somos *very adorable people,* sólo veo la cara de la planchadora, sólo veo la cara de la cocinera, sólo veo la cara del jardinero, sólo veo la cara de la sirvienta, Pat y Raymond están en Europa y tienen audiencia con el Papa, Lily y Ken están en Haití y tienen audiencia con Baby Doc: gritos, gritos, gritos. El esposo le pidió que fuera a ver un siquiatra: reconozco que el *stress* de la vida moderna crea este sedimento de recelo. *Honey, I don't blame you. The whole damn thing is your nerves.* Y aquí estoy. Y estoy aquí. Como barco a la deriva, como barco que zarpa sin rumbo, como: se calló. Callada, Graciela Alcántara y López de Montefrío, se sacude con nervios y otros manejos, el traje malva diseñado por Ted Lapidus. Graciela Alcántara y López de Montefrío necesita cuarenta y cinco años —los cuarenta y cinco años de su vida minuto a minuto— para llegar a este instante. Graciela Alcántara y López de Montefrío se siente pura, explícita, invencible, en el momento de preguntar: Doctor, ¿le gusta a usted la guaracha del Macho Camacho? El Doctor Severo Severino deja que la vista deambule por una estantería, deja que la vista trepe el lomo de un manualito hedonista titulado *Oh la leche por ti derramada*. El Doctor Severo Severino, modal de Rossano Brazzi, modal de Raf Vallone, modal de Omar Sharif, enarca una ceja, enarca otra ceja, pone los dedos pulgares a frotarse. El Doctor Severo Severino, halcón maltés, lanza la cabeza para atrás, se acaricia con los dedos anulares la barbilla ruda. El Doctor Severo Severino lleva el dedo índice izquierdo a una muela inferior. El Doctor Severo Severino contesta: llegado el caso sí. Entonces,

Y SEÑORAS Y señores, amigas y amigos, que les suelto la atángana, que los convido a que se amarren los cinturones porque cogemos vuelo, que no es lo mismo llamar la guaracha que verla venir.

NINGÚN HOMBRE PODRÁ parir nunca —dijo Doña Chon, bombástica en la formulación del histórico aserto, gratia plena. A los machos, con todo y ser machos y ser los dueños del mandar, les falta el importante tornillito de la pujadera que es un tornillito importante que la mujer trae desde que nace en su parte de mujer —dijo Doña Chon: ginecóloga, anciana de la tribu. El día que un hombre quiera saber lo que es parir que trate de cagar una calabaza —dijo La Madre: eufórica, un kindergarten en los ovarios, fanfarria con las trompas de Falopio. Oye esta niña, óyeme bien de una vez y que esa vez sea para todas las veces —dijo Doña Chon, interrumpida en su digresión, pateada en su moral, julepeada en la castidad querida para sus oídos. No seas tan franca de palabra —dijo Doña Chon: gesto transmisor de un por qué esta niña será tan franca de palabra. Es que se me sale sin querer —dijo La Madre, haciendo pucheritos, castigándose la boca, con mohín culpable de qué cosa que se me salga sin querer. Pues que no se te salga sin querer —dijo Doña Chon, intolerante, odiadora de la palabra indecorosa. *Excuse me* —dijo La Madre, en su inglés de a dos chavos. Cuando Tutú nació yo estuve tres días con sus tres noches en el parto—dijo Doña Chon, grandiosa, bajado el sudor de hoy con el recuerdo del sudor de ayer, bombástica en la formulación del histórico aserto. Ave María —gritó La Madre, deslumbrada ante el histórico aserto. Ave María —regritó La Madre y el grito impuso un abrazo fuertísimo que les dolió y se soltaron. Tres días —reafirmó Doña Chon, tres días con sus tres noches que no son ni dos días con sus dos noches ni un día con una noche: doblaba el mandil, guardaba el mandil en la gaveta única de la mesa de picar, hablaba con un sosiego trémulo: emoción arrendada para la narración de los acontecimientos horripilantes: lutos, partos de tres días con sus tres noches, inundaciones y puñaladas.

CHORREADOS TIENE LOS ojos, quebrantada su paz mansa e idiota, chorreados para angostar la cadencia de las sombras que construyen una cárcel de grito. Los hombros disponen la protección del armazón gelatinoso y caminan el uno hacia el otro. Chorreados tiene los ojos. Atrapado: en la oscura red de sus tres años desmoronados e inútiles. Atrapado: por la piedad anémica de los niños que se rifan la oportunidad jubilosa de escupirlo: yo primero que tengo catarro, éste primero que tiene moco y tiene gargajo.

LA COMADRONA DOÑA Particular García me avisó, después de inspeccionarme las madres: Chon, resignación y reza conmigo lo que te digo: bien ven mal si solo vienes. Chon, resignación para oír lo que te digo: la criatura viene al revés y al revés pasará por esta vida —dijo Doña Chon. Doña Chon cortaba el papel de estraza en que envolvía las frituras. Doña Chon vendía cuatro alcapurrias a una preñada antojada. Doña Chon regañaba a una preñada antojada por no estar metida en la cama. Doña Chon regañaba a una preñada antojada por no estar metida en la cama y arropada de pies a cabeza. Ahí mismo supe yo lo que era el dolor de nacer mujer —dijo Doña Chon, exhaló con fuerza grande que no apagó una vela porque no había una vela. Chon, aquí te traigo a tu marido para que te vea llorar dijo la comadrona Doña Particular García —dijo Doña Chon. La comadrona Doña Particular García exigía que el marido de la parturienta estuviera presente en el trajín del parto para que aprendiera bien aprendido que no es lo mismo llamar al diablo que verlo venir —dijo Doña Chon. Que no es lo mismo maniobrar que obrar maní —dijo La Madre: dibujaba unos pasos, la guaracha del Macho Camacho huía de la vellonera del bar *El pecado de estar vivo*. La comadrona Doña Particular García exigía que en casa de la parturienta estuvieran presentes cinco vecinas para que ayudaran a pujar a la parturienta —dijo Doña Chon. Me acuerdo siempre bien acordada de que entre las pujadoras que vinieron a pujar vinieron las Polacas —dijo Doña Chon. Las Polacas se llamaban Las Polacas porque eran hijas de Don Polo —dijo Doña Chon. Las Polacas pujaron tanto y tanto en la ayuda que me hicieron que a una de las Polacas se le reventó un vasito de sangre de tanto pujar —dijo Doña Chon. Vecinas chéveres Las Polacas —dijo La Madre, en danzado desenfreno porque la guaracha del Macho Camacho solicitaba mediante soplido trompetero un danzado desenfreno.

DESDE EL CORAZÓN de la tierra hasta el cielo que está allá arriba, como del sueño al insomnio o del hambre a la comida: cualquiera inmensa distancia. Desde la lejanía apuntada en sus ojos: una geografía entreverada de sombras. Lejos, detrás de la lejanía, desde un malezal de sombras por allí levantado, en acecho reposado del lagarto. El Nene: compuesto y asilado en un islote de baba. El Nene: en acecho reposado del lagarto. El lagarto: resecado, achicado, cascarado, avejentado. El lagarto: calculador e hipnótico en la caza de una mosca tarambana, terso arabesco del rabo y pendular amenaza. Lagarto y mosca tarambana sorprendidos in fraganti y tragados de un bocado, ingeridos y maromas del galillo y torrente de saliva que apisona y empuja. Tres lagartos por día y una libra de moscas.

Y NACIÓ AL revés y al revés va pasando por la vida: dolida Doña Chon, inconforme y pesarosa y conforme. ¿Cuántos años le echaron a Tutú? —dijo La Madre, despaciando el vaivén de la guaracha, como quien ritma el luto, negada al remeneo procedente: solo de tumbadora. Protestando, reconviniendo, contestando, Doña Chon —todos los días te lo digo, siete y le faltan seis, sobando el lomo del gato Mimoso, mirando las arqueadas del Nene, invadiendo el islote de baba, alongando el callejón, ignorando la garata velloneril entre los bares *El pecado de ser pobre* y *El pecado de estar vivo.*

¿Cuál vellonea más veces la guaracha del Macho Camacho? Seis no es cachipa de coco —dijo La Madre, palmeando, culidando, sudando ayes descompuestos por la devoción guarachera, coreando la guaracha, tirando besos al Nene. Seis no es cachipa de coco ni guarapo de caña —dijo Doña Chon, desempolvando la Oración de San Juan de la Conquista, desempolvando la Oración de la Santa Camisa, desempolvando la Oración del Ángel de los Sin Ángel, persiguiendo un batallón de moscas que saciaban la sed en la boca del Nene. Mucho que echan ahora a los que se meten mafafa —dijo La Madre: sacudón de perro recién bañado, sacudón de gallina echada, sacudón sacudísimo. Besando un Crucifijo, besando un Corazón de Jesús, besando una Palma de Domingo de Ramos, Doña Chon dijo —a los ricos si te vi ya no me acuerdo. Los ricos vendiendo la yerba en la cara del gobierno, ofreciendo la manteca a Villega y to el que llega. Conectando con mafafa, conectando con buen pasto —dijo La Madre— conectando con el Macho Camacho. A los pobres siete años en la sombra —dijo Doña Chon: muecando, resintiendo, odiando. Doña Chon —dijo La Madre, tumbando el cuerpo hasta el suelo, golpeando el suelo con los hombros, bailando— si me recoge El Nene esta tarde le paso la luz a la noche y esa luz y otra poquita la ayuda a pagar el abogado de Tutú. Mucho que le echan a un mariguano pesetero, los mariguanos de Villa Caparra y de Garden Hills son

221

felices como lombrices. Doña Chon dice —de buscarlo lo busco, sea todo por Tutú, aunque si no fuera por...

EL PECOSO, ENCARGADO de auspiciar la aventura de la amistad, lo ata con un cordelito, lo tironea, dueño y señor sentido, la sonrisa prepotente. Cuando llegan los otros, cual bandadas de palomas, El Pecoso se jacta, El Pecoso se orgullece: me regalaron el Bobo. El asombro se derrama como maví espumoso, como cerveza espumosa, el asombro se encampana hasta las nubes, asombro de todos. Todos, uno no faltó, se apresuraron, se lanzaron, se avalancharon: a pedirlo prestado, a suplicarlo prestado, a rogarlo prestado, saltos como perros contentos, como perros acezantes, la envidia retoñando, la maldad retoñando, prestado para caballito, prestado para poni, prestado para oso, prestado para puente, prestado para columpio, prestado para subibaja, prestado para banco de sentarse, préstamos efectuados en ley buena. Las acacias, mecidas las acacias, primorosas las acacias, incapaces las acacias. Préstamelo —clama uno, clamado con coño de apellido, sosteniendo un pedazo de espejo, espejo empuñado como arma, espejo del que retallan los reflejos, espejo que se inunda de caras, caras que entran y salen del pedazo de espejo, espejo en que se agazapa una profecía.

AUNQUE SI NO fuera por Tutú, si no fuera por

la deuda con el abogado de Tutú, si no fuera por este lío de ropa sucia que es la vida —dijo Doña Chon, no te ayudaba con la recogida de la criaturita, a otro perro con ese hueso: los baños de sol. Acalorada. Renegada. Descreída. El sol sirve para todo como la cebolla que hasta para la polla —dijo La Madre, rejuntaba los hombros en divertido abanico, abría los hombros para que los senos brincaran y saltaran divertidos. Necesito los pesos, los pesos, los pesos —dijo La Madre, dijo jurando, dijo jurando por ese Padre Que Está En Los Cielos, dijo repicando, dijo bailando la guaracha del Macho Camacho: a dos ritmos, a dos tiempos, a dos discos: disco del bar *El pecado de ser pobre,* disco del bar *El pecado de estar vivo.* Por los chavos baila el mono —dijo Doña Chon, mirándola retorcerse, mirándola deshacerse, mirándola contorsionarse, mirándola restregarse, mirándola desbaratarse. La Madre dijo —¿Doña Chon, qué usted quiere decir?, dijo retorcida, dijo deshecha, dijo contorsionada, dijo restregada, dijo desbaratada.

PUÑADO DE MANOS, puñado de voluntades, tropelío, algazara de dedos, el espejo elevado como un cáliz, el pedazo de espejo elevado como una forma sagrada. Hasta que la cara del Nene se vacía en el pedazo de espejo, incontenida. Levantada, erguida, sostenida la gran cabeza por diez manos. El Nene, despertando al horror de su propio horror se arranca de la garganta un tañido protestante envuelto en llanto. Entonces, todo el dolor del mundo se le espeta en el corazón y el cielo se aparda como un piso de madera sin lavar: vetoso y ruin. Pájaro que bate espuelas, cerco roto, la fuga no acabará nunca, los brazos deshuesados, los brazos botados hacia atrás: hacia la libertad de la baba: sin proponérselo, sin razonarlo: propuesto por el horror y la fealdad. Correr es grato y libre, lo descubre sin descubrirlo, correr, desaparecer como un punto, inalcanzable por los gritos que gritan a las cinco de la tarde, tarde de miércoles hoy.

Y SEÑORAS Y señores, amigas y amigos, aquí está la guaracha del Tarzán de la cultura, el Supermán de la cultura, el James Bond de la cultura, aquí está y está aquí la ecuménica guaracha del Macho Camacho *La vida es una cosa fenomenal.*

NO BIEN BONNY se encaramó en los muslos de jamónica contundencia y un pie fue a quedar anclado en la popa del barco naufragando entre dos olas: el tatuaje, no bien Bonny posó sus labios fríos e indiferentes en la boca fingidora y exigente de La Metafísica, no bien Bonny insinuó unos culeos tensos, Benny irrumpió en la zona de carga y descarga o habitación de La Metafísica y gritó un *apéate* terrorista que mudó y demudó a Bonny. Bonny, mudo y demudado, se puso a salvo de un salto cangúrico, salvado y sentado en el ombligo de La Metafísica: contado días después entre risas tantas que empequeñecían los ojos: le pusieron a La Metafísica, en el pozo del pecado, una barra de estrellas de las que alegran y despiden y alumbran el año viejo, barra de estrellas que convirtió a La Metafísica en puta iluminada. La Metafísica, luchadora japonesa, no pudo luchar con justeza, el instrumento de trabajo chamuscado. La Metafísica pataleó, rabió, maldijo, dijo que llevaría su caso a los tribunales: amiga de la judicatura, desvirgadora oficial de la oficialidad gobernante, formada en los talleres de Isabel La

Negra, mejorada en los burdeles de Carmen Gallo y Juana Ladillas, leading lady del prestigioso chichin place *Rasgos educativos*. La Metafísica permitió que sapos y culebras le llenaran la boca y pidió agua: agua que se me quema la, curioso que no nombrara la innombrable: supersticiosa. A los tres días, sin reponerse, pidió justicia e indemnización, anduvo la ceca y la meca, tronó, rodó por todas las dependencias del Seguro Social, gestionó pensión en la Autoridad de Compensación por Accidentes del Trabajo, elevó querella al Departamento de Servicios al Consumidor. Nada: La Metafísica fue desoída por funcionarios desoidores: no hay caso, el caso es de cuantía menor, cuando el caso alcance el turno de consideración el efecto del atentado habrá desaparecido. Total que gajes del oficio, aunque ella juró: tarde o temprano sabrán de mí.

BENNY, BONNY, WILLY y Billy, en lo adelante, para evitar contratiempos, para evitar tempestades, para aguardar a que bajara la marea de la desconfianza, se separaron, recesaron en su amistad: consejo del concejo de padres reunidos para examinar, con gravedad adulta, la gravedad del acontecimiento: reunión celebrada en la ala derecha del molto bello jardino de Mami de Benny, sillería de mimbre blanco, descorche de seis botellas de Dom Perignon y pasada de bandejitas de platería bruñida en las que reposaban las ostras ahumadas y los rollitos de pulpo vinolado. Que los chamacos se separen, que los chamacos pausen unos meses el fragor de su hermosa amistad: bromas así tienen lugar en el pasaje embromado de todas las épocas: negar no he de que me apena la muerte repentina del sentido del humor, humor que más que humor eres la sal de la vida: palabras elevadas de Papito Papitote, la copa Baccarat elevada, el rostro elevado en el reclamo de las ideas nobles y elevadas.

BENNY LE CONFIESA al Ferrari: sólo tú me comprendes, sólo tú me: pero no concluye. Benny se suma a una protesta que toma la forma de nube claxónica a las cinco en punto de la tarde. Benny, hastiado de los trotes de San Juan a Caguas y de Caguas a San Juan, trotó esta tarde hasta la Playa de Isla Verde, hasta Boca de Cangrejos. La carretera libre de tránsito mayor permitía una trillita de sesenta millas por hora aunque había que meter el freno pronto para no ir a parar en los arenales de Piñones. Total: para luego regresar a este tapón miserable, cruzar Villa Palmeras, bajar por la Morell Campos, entrar en la Avenida Borinquen y atrechar por la barriada Cantera. Atrechar nonines, el tapón era parejo, quedarse trampado en una de estas callejas donde la Diosa Mita tiene su emporio de fe: colmados, mueblerías, financieras, restaurantes. Molesto, Benny no mira la mirada de las dos muchachas que lo miran desde el Toyota, muchachas que lo miran y se ríen, que se ríen y le coquetean. Curioso, Benny desistió de las chicas cuando empezó a hacer su fototeca excepcional con portadas desgarradas de *Playboy,* de *Oui,* de *The penthouse,* de *Screw,* portadas con las que compartía sus urgencias, poster de Sofía Loren con el pezón transparen-

tado por la lluvia, poster de Raquel Welch con sus
dos trenzas como única prenda, poster de Ivonne
Coll con un traje que pregonaba la dulzura de sus
pechos. Después vino el Ferrari y ya se sabe. Antes
del Ferrari y la fototeca vino el noviazgo con Sheila.
El affaire Sheila lo capó por un tiempo, capado con
seis letras, tiempo en que no se contentó ni con la
mano, capado por Sheila o, brillada la justicia: capado por la mamá de Sheila:

PUES RESULTA QUE Sheila, lírica, refinada,
blancusina, no metía mano ni soltaba prenda. Curioso, porque la Mamá de Sheila sí metía mano y sí
soltaba prenda. La Mamá de Sheila metía mano y
soltaba prenda con el encanto discreto de la burgue-
sía pero todo acaba por saberse: súpose, o todo el
mundo llegó a suponer que la Mamá de Sheila era
una ninfómana y que en las paredes del conducto
membranoso y fibroso que en las hembras de los mamíferos se extiende desde la vulva hasta la matriz
tenía una trampa llamada sifón que era del más
grave peligro para cualquier varón. Benny no se enteró del sifón: Benny sí se enteró durante la ocasión
única en la que fornicó con la Mamá de Sheila que
la Mamá de Sheila era expansiva en la alcoba y se
permitía unos cacareos innecesarios: nada, que en
la penetración, a la Mamá de Sheila le dio un ataque de risa que se convirtió en ataque de llanto que
se convirtió en ataque de risa que se convirtió en
ataque de llanto. Mal acaba lo que mal empieza:
Benny llegó a buscar a Sheila a destiempo, mitad de
la tarde. Sheila no estaba: en la biblioteca está Shei-

la informó la Mamá de Sheila, vestida con salto de cama de promisorias gasas y debajo, claro está, sostén y pantaletas: la Mamá de Sheila no es un putón de la casa di toleranza de Carmen la Invencible ni hizo el internado formativo en un cabaré donde toda cafrería tiene su habitación. No. La Mamá de Sheila es una metedora casera. Casera y con un secreteo de a muerte porque el Papá de Sheila es un cornudo con unos pelotones de aúpa de los que le parte el vivir a cualquiera. El día que el Papá de Sheila se entere de que la Mamá de Sheila le pone los cuernos le va a atacar el síndrome de Juan Charrasqueado y la Mamá de Sheila y quien con ella se refocile van a acabar con más rotos que un metro de tela metálica. En la biblioteca está Sheila dijo la Mamá de Sheila y la Mamá de Sheila dejó que un golpe de aire le avivara el salto de cama: Benny gagueó las gracias cuando la Mamá de Sheila le sirvió una cerveza y lo invitó a subir a la alcoba: en la alcoba, con seducciones propias de una cortesanía faraónica la Mamá de Sheila desnudó a Benny sin pedirle permiso, el salto de cama quedó acostado en una silla reclinable. Benny quería empezar para acabar: pero la Mami de Sheila era de coito conversador y diálogo socrático: diálogo y ataque de risa y ataque de llanto y poséeme y no me poseas y poséeme para sentirme poseída y júrame que aunque pase mucho tiempo no olvidarás el momento en que yo te conocí y voces en el pasillo y voces en la escalera y voces furiosas del Papá de Sheila que llegaba sin avisar y la Mamá de Sheila inventó una hemicránea, una postración, un déjame tranquila una vez en la vida: Benny tumbado en el closet, tumbado en el closet a la espera del tiro. Capado para buen rato.

FINALMENTE, O SEA que finalmente rasgo el camino y doy un corte de pastelillo por esta calle y asusto el blablá de aquellas mujeres y meto el paletazo por toda la calle París y veo que el Ferrari sonríe de dicha, freno y entro rápido a esa calle y me como esa recta bien comida y caigo en sesenta: ay Ferrari no te rajes: qué locura rica, qué rica locura. Caído en sesenta y levantado en setenta: Ferrari papasote. Ferrari guasote: Ferrari machote: en un delirio. Y colada en el delirio la cola de la guaracha: serpiente que latiga con sabor, Benny latigado de sabor. Saludando las ochenta por las calles estrechas hasta que. Yo no tuve la culpa a unas mujeres que gritan horrorizadas. Yo no tuve la culpa a unos niños que dan vuelta por la esquina. Yo no tuve la culpa a una vieja que se ataca y se persigna y dice se me hizo tarde en la paganía del abogado. Yo no tuve la culpa a unos sesos reventados en la puerta del Ferrari y a unos ojos estrellados por la cuneta como huevos mal fritos. Benny no oye asombros. Benny no oye lamentos. Benny no siente la tarde respirar con dificultad. Benny no ve el crepúsculo armar la guerrilla contra el imperio de azules. Benny pregunta enmohecido, por prisas apresurado: o sea que ¿cuándo podré lavar mi Ferrari?: la voz chillada y el rencor dañándolo: me cago en la abuela de Dios.

TEXTO ÍNTEGRO DE LA GUARACHA DEL MACHO CAMACHO

LA VIDA ES UNA COSA FENOMENAL

La vida es una cosa fenomenal
lo mismo pal de alante que pal de atrás.
Pero la vida también es una calle cheverona,
arrecuérdate que desayunas café con pan.
Ay sí, la vida es una nena bien guasona
que se mima en un fabuloso Cadillac.
La trompeta a romper su guasimilla,
las maracas que no cejen pa trás,
y los cueros que suenen a la milla,
que la cosa no puede reposar,
que la negra quiere sudar,
que la negra se va a alborotar.

Condominio Green Village, Río Piedras, Puerto Rico
Hotel Luxor, Playa de Copacabana, Río de Janeiro

Impreso en GRÁFICA GUADALUPE
Av. San Martín 3773 (1847) Rafael Calzada,
Provincia de Buenos Aires, Argentina,
en el mes de enero del año 2001.